KB182367

아라베스크

形

아라베스크

形

권태철 시집

이담북스

참고의 말

이미지로 이루어진 시를 늘 소망했는데, '아라베스크-形'은 이미지 그물망 그 자체인 시집입니다. 이 시집에서는 形의 의미를 새와 뱀, 나무, 꽃, 틈, 시간, 공간, 논리, 눈, 盲, 視, 觸, 가면, 겉, 속, 幻, 像, 복제, 거울 등의 이미지 조합으로 포착하려 했습니다. 또 이미지가 서로 엮이는 과정에서 자기들만의 고유한 논리 구조를 형성해 가도록 했고, 그 결과로 形에 대한 여러 통찰을 얻을 수 있게 했습니다. 이 시집은 기승전결의 직선 구조가 아닌 사통팔달의 망 구조로 돼있고, 특별한 순서 없이 상호 간의 끝없는 되먹임만으로 전체가 이루어져 있는데, 이는 창발을 유도하기 위함입니다.

차례

시간과 자아, 열은 서로 닮았다. 그건 창발된 무엇이다. 盲
아닌 눈 뜨는 것 말이다. 그건 미시 차원에선 없고, 거시 차
원에만 있는 무엇이다. 그리고 돌이 아닌 물처럼 변한다. 흐
른다. 창발은 물에 비친 像과 같아, 있지만 없다, 없지만 있
다. 形도 그런 창발의 결과다. [1]

1. 形은 논리의 결과다

形은 논리의 결과다. 形은 스스로의 논리와 주변과의 관계
논리의 합이다. 形의 복잡다기한 윤곽에는 그것의 존재 이
유와 존재 과정이 아로새겨져 있다. 形은 자체 정합적이다.
形은, 形마다 亞진리다. [2]

形은 무모순이다. 모순이 있다면 形은 스스로 붕괴돼 존재
할 수도 없거든. 形은 아귀 맞음에의 명백한 증거다. 하여
形은 탄탄한 논리요, 논리 체계다. 논리는 盲이 아닌 눈 뜸
이기에, 모든 形은 눈이다. [3]

形은 방정식이다. 눈, 코, 입, 팔, 날개, 다리라는 각 논리의
아귀 맞음, 그게 形이다. 하여 모순이 생기면 形 방정식은
블록 하나 빠진 탑처럼 확 무너져 내린다. 그 잔해가 非形이
다. 非形은 비논리요, 盲이다. [4]

논리는 진리가 아니다. 논리란 설득력 있는 고집에 다름 아
니다. 그럴듯함. 하여 논리는 환경에 따라 조금씩 변한다.
견고해 보이는 논리엔, 늘, 우는 듯한 작은 떨림이 있다. 그

떨림이 상대와 공명하여 푸른 새로 날면, 오래된 헌 논리엔 새 눈이 생겨난다. [5]

無의 공간을 접는다. 접음이 어느 한계를 지나면 形, 有形이 된다. 有形은 유의미다. 그 形을 계속 접으면 윤곽이 별별로 변하며 종(種)이 되는데, 그 흐름이 진화다. 形을 계속 접어가는 그 과정을 논리라 한다. 접었던 걸 하나씩 펴는 건 망상이다. 종에는 망상이 없다. [6]

관계는 자꾸 깎는다. 서로를 깎는다. 하여 외부의 윤곽을 만든다. 예리한 걸 형상을 만든다. 관계는 오랜 시간에 걸쳐 形의 윤곽에 차곡차곡 쌓인다. 그리곤 개성이 된다. 사자, 기린, 나무, 꽃, 산의 여러 形들. 관계는 조각이다. 관계는 칼이다. [7]

2. 보이는 꽃은 幻일 뿐이다

저 아파트 단지는 막대그래프 같은 모습으로 디지털 산처럼 보인다. 산의 윤곽이 연속적이라면, 아파트 윤곽은 불연속적이다. 자연이 아날로그라면, 인공은 디지털이다. 하여 아파트는 벼랑을 품은 불연속적 스카이라인을 뽐낸다. 뭐든 작위가 가미될수록 연속성이 떨어지는데, 결국 디지털化한다. [8]

아파트 같은 작위의 선엔 벼랑이 많다. 저 우뚝한 고집, 벽. 하여 응시든 바람이든 쉬 끊긴다. 반면 자연의 선은 부드러운 연속이기에, 산은 바람을 잇고 또 잇는다. 작위의 선이

경직된 설득의 논리라면, 자연의 선은 보드라운 공감의 논리다. [9]

아파트 같은 인공의 논리는 작게 축조되고, 산과 같은 자연의 논리는 거대하게 축조된다. 벼랑의 불안정함이 그 차이를 만드는데, 아파트는 벼랑을 쌓는 꼴이라 쉬 무너진다. 마천루는 벼랑의 탑, 바람의 탑, 불안의 탑인 거다. 인공이 위태로운 역삼각형이라면, 자연은 정삼각형이다. [10]

꽃은, 꽃에서 나와 꽃을 낳는다. 무형의 틀로 찍어내는 生복제. 대를 이어 선으로 이어지는 色과 形의 복제. 아버지와 아들의 이중 나선, 뱀. 그건 거울 같은 논리의 복제. 비친 것. 像. 투사. 보이는 꽃은 단지 幻일 뿐이다. 꽃의 본질은 단단한 논리적 기호다. 추상의 뱀! [11]

원리나 이치, 방정식 같은 '기호의 거울'이 논리를 이리저리 비추고 반사한다. 논다. 그러다 가끔 거울을 뚫고 실체로 튀어나와, 산 形으로 化하는데, 그건 盲의 물질에 눈이 생기는 거와 같다. 환함. 그리고 서로를 응시하며 격하게 논다. 논다, 우리 이 생명체들 말이다. [12]

내가 보는 꽃과 벌이 보는 꽃은 다르다. 툭! 닿으면 뭔가 실체는 있지만, 그 실체의 모양은 종(種)마다 다르다. 종마다 形의 논리가 다르기에. 하여 건조한 기호가 실재할 뿐, 감각으로 구현된 촉촉함은 각각이 각각이다. … 공통이 아닌, 각각이 각각인 변화무쌍한 곳을, 우린 표피라 한다. [13]

3. 시간의 실을 짜서 형상은 만들어진다

시간을 작은 공간에 응축시키면 형상이 되고, 형상을 긴 과정으로 풀어내면 시간이 된다. 진화란 시간과 형상이 뫼비우스 띠처럼 안팎으로 동그랗게 이어진 무엇이다. 그건 논리의 띠다. 띠, 깃털 달린 뱀 같은, 띠. [14]

시간은 형상의 어머니다. 긴 시간의 실을 짜서 형상은 만들어진다. 그게 진화다. 진화는 시간의 씨실과 날실로 짜는, 짜서, 공간에 논리를 입혀 가는 과정이다. 뜨개. 그 논리는 결국 정연한 形으로 응축된다. 形은, 공간의 눈 뜸인 거다. [15]

겨울나무를 본다. 시간으로 범벅이 된 저 몸의 굴곡, 윤곽. 저건 우리의 形이기도 하다. 시간이 우리를 조각한다. 그 조각의 정체는 공간 접기다. 우린 접히고 접힌 틈새다. 나무 같은 선(線) 모양의 선 틈새. 혹은 門. 門, 우린 누군가 드나드는 門일 뿐이다. [16]

새. 골똘히 뭔가를 응시하며, 높이서, 정지 비행을 하는 새. 시간이 멈춘 듯하다. 검은 꼬리, 얼룩무늬, 흰 새. 시간이 고이니, 저리 형상이 도드라진다. 바쁜 동선이 사라지니, 비로소 세세한 形이 드러난다. 새. 하늘 눈 닮은, 새. [17]

진화란 形을 시간에 따라 일렬로 늘어놓는 것이다. 논리적 나열. 수순. 공간을 접어감에 따라 形은 끊임없이 변한다. 하여 긴 시간의 뱀이 만들어진다. 진화는 形의 리드미컬한 나열이다. 그 形은 뱀처럼 꿈틀대며 생존을 흐른다. 진화엔

바흐의 선율처럼 작위가 없다. 벼랑이 없다. [18]

4. 논리가 形을 이룬다면, 망상은 形을 부순다

形은 생체다. 살아 있다. 形은 상승하고 하강한다. 긴장되고 이완된다. 形은 상승하는 동안은 조밀하게 응집되어 꽃처럼 아귀 맞고, 하강하는 동안은 느슨하게 해체되어 폐지처럼 구겨진다. 形의 응집이 논리라면, 해체는 망상이다. 망상은 바닥이다. 꽃을 본다. 꽃은 꼭대기의 논리다. [19]

'기뻐서 웃는다'가 논리라면, '웃어서 운다'는 망상이다. 망상은 아귀가 안 맞는다. 하여 망상은 자체 모순으로 붕괴한다. 정합으로서의 形이 사라지는 것, 망상은, 존재할 수 없다. 盲이다. 논리가 形을 이룬다면, 망상은 形을 부순다. [20]

치매. 기억의 부서짐. 존재의 파편化. 자아의 사막化. 관계의 無. 치매, 관념의 공든 形이 무너진다. 무너져 벌판이 된다. 무너져 관념의 오밀조밀한 틈새가 사라진다. 틈새의 압박이 사라진다. 진짜 그는, 이제 없다. 관계의 멸(滅). 기억이 존재의 눈이라면, 치매는 존재의 盲이다. [21]

詩는? 詩는 망상조차 非形이 아닌 形으로 품는다. 詩는 아귀 안 맞음으로도 밸런스를 잡는다. 묘하다. 詩는 논리를 벗어난 마술의 영역이다. 非形에서 떠오른 푸른 눈, 그게 바로 詩다. 詩란 한 무더기의 뱀에서 새를 보는 일이다. [22]

논리는 계단이다. 오르락내리락 잘 통한다. 망상은 벼랑이다. 오르지도 내리지도 못한다. 하여 形의 중간에 벼랑이 있으면 아귀가 안 맞아, 形은 스스로 붕괴돼, 망상이 되고 만다. 非形이 되고 만다. 形이 논리의 통(通)이라면, 망상은 논리의 盲이다. [23]

形은 아슬아슬하게 쌓은 탑이다. 形은 솟음이고 삶이다. 사방이 벼랑이다. 하여 모든 形은 곧 무너져 내린다. 무너져 면으로 회귀한다. 평평함이 된다. 면은 무위요 죽음이다. 삶엔 과정 유발자로서의 아찔한 벼랑이 있지만, 죽음엔 벼랑이 없다. [24]

접기의 아귀가 잘 맞아야 形이 된다. 접기의 아귀가 안 맞으면 形도 없다. 그냥 뭉개진다. 非形이다. 非形이 계속 접히면, 어느 순간 큰 빛을 내다 사라져, 어둠이 된다. 섬광. 섬망. 非形에도 비명 같은 마지막 빛은 있다. 그 빛은 잠시 지속되는 幻 또는 망상인 거다. 모든 논리가 形으로 귀결된다면, 망상은 非形이 된다. [25]

빛이 세상의 모든 가짜를 만들어 낸다. 면 세상은 실체 없이 논리로만 된 虛像이다. 빛의 놀이, 幻, 視. 빛이 이곳저곳 논리를 전한다. 홀림을 전한다. 虛像은 가능성만으로 있다가, 손에 닿는 순간에만 實像이 돼, 견고한 땅을 이룬다. 觸투성이의 이 땅 말이다. [26]

5. 기호와 추상의 바다에 떠 있는 배 한 척, 그게 形이다

시간과 엮이며 形은 끊임없이 변한다. 形엔 시간이 쌓이고 쌓이는데, 그 퇴적물이 진화다. 진화는 존재의 논조를 계속 바꿔 가는 과정이다. 진화는 그렇게 스스로 밸런스를 잡아 가며 절대 정합에 이른다. 적응, 생존 말이다. 그 정합을 논리라 한다. 눈이라 한다. [27]

진화는 모양의 논리를 전개해 가는 과정이다. 코를 길게 하거나, 귀를 크게 하거나, 목을 높게 하는 등. 모양이 바뀜에 따라 생존의 논조도 바뀐다. 그 논조는 유머로 무자비한 자연을 설득한다. 웃음. 킥킥. 저 꼴. 形의 논조는 진중치 않은 얕고 얇은 눈치다. 일단 저지르고 보거든. [28]

코끼리의 코를 본다. 기린의 목을 본다. 이건 유머다. 농담이다. 활짝 웃는 사람의 섬뜩한 이빨을 본다. 요건 그로테스크한 유머다. 공작의 거추장스런 멋진 깃은? 블랙 유머다. 이렇듯 종(種)은 수시로 자연에 농담을 건다. 웃기지 못한다면, 멸종이다. [29]

주름의 선이 形을 응집시키면 꽃의 美에 이르고, 해체시키면 단풍의 美에 이른다. 꽃은 色과 形이고, 단풍은 오직 色이다. 비명 같은 色. 웃음이 주름진 얼굴의 形을 팽팽하게 한다면, 얼굴은 이제부터 꽃인 거다. 꽃, 오직 삶뿐인 삶, 快. [30]

꽃봉오리가 열리고 있다. 形이 응집하는 중이라면, 形은 그 자체로 틈새와 같다. 틈, 찜통같이 끓는 틈. 하나의 형상이 그 틈에서 뿜어져 나온다. 그건 色과 윤곽으로 가득 찬 有다. 視다. 반면 이완하는 중이라면 形은 그냥 너른 공간인 거다. 벌판. 그건 차갑게 식은 텅 빈 無다. 盲이다. [31]

形은 증명이다. 形은 DNA라는 논리 기호에 대한 시제품 같은 거로, 현실에서, 그 모순 없는 작동을 확인해 보여준다. 추상을 구상으로 바꾼 것, 이론을 실제로 바꾼 것, 실체화, 觸化, 그게 形이다. 形은 視의 거울을 뚫고 나온 촉감의 像이다. [32]

기호와 추상의 바다에 떠 있는 배 한 척, 그게 形이다. 추상은 검은 바다고, 구상은 붉은 배다. 추상이 광범위한 망 전체라면, 구상은 그중 일부의 유의미한 논리적 군(群)이다. 닿고 닿는 닿음의 군. 감각. 그 환한 군이 形이다. [33]

바다와 고래. 물결로 흩어지면 무논리고, 形으로 응축되면 논리다. 무논리는 盲이고, 논리는 눈이다. 그 경계에 수면이 있다. 수면은 얇은 웃음과 같다. 웃음은 수면 현상이다. 웃음은 논리와 무논리의 경계에 있다. 形과 非形의 딱 경계에 있다. 웃는다. 웃으면 나한테서 고래가 튀어나온다. [34]

6. 모든 形엔 뱀 닮은 시간이 장착돼 있다

形은 눈이다. 눈 뜸이다. 물질이 눈 뜨는 것. 形은 원리라는 뱀에 날개가 돋아 새라는 실체가 된 결과다. 그 새의 목적은 응시다. 보는 것 또 통찰하는 것. 하여 우리의 존재 이유도 응시다. 盲을 깨고, 새는 본다, 形은 본다. 봐서, 안다, 난다, 안다. [35]

진화는 시간에 따른 形의 연속 나열이다. 나열, 마디마디 마디진 변화. 각 形엔 옳고 그름이 없다. 形은 멜로디처럼 변주 관계로 쭉 이어져 흐를 뿐이다. 진화는 점점의 피아노 재즈와 같다. 즉흥적으로 가면을 계속 바꿔 쓰는 것 말이다. 그건 생존을 위한 선율이다. [36]

시간에 따른 形의 유장한 변화 즉 흥망성쇠, 그게 진화다. 진화는 산등성이처럼 연속적인 자연의 선이다. 기는 뱀의 곡선 같다. 나는 새의 곡선 같다. 멀리, 훨훨 나는 새의 동선. 그 흐름엔 비약이 없다. 오직 유머뿐. 진화란, 눈을 크게 뜨고, 가면을 들며, 총총, 희희낙락하는 것일 뿐. [37]

고양이 形, 고래 形, 뱀 形, 콘도르 形. 形이 단어라면, 진화는 문장이다. 시간이 그 문장을 쓴다. 모든 존재는 자연이 읊조리는 사건 진술의 내용이다. 이야기다. 진지할 건 없다. 그 사건들은 다 해프닝이니까. 별거 없음~ 유의미나 희비극은 인간의 마음이 만드는 幻일 뿐이다. 주관. [38]

진화는 形의 불안정함, 복제의 불안정함의 증거다. 그런 불안정함은 꼭 흐름으로 나타난다. 시간에 따른 변화로 나타난다. 시간은 불안정함을 먹고 자라는 뱀과 같다. 긴 뱀. 통짜의 뱀. 그대 불안한가? 시간이 흐르고 있다는 거다. 안정하다면 뭐든 뭉친 채 그대로 있거든. … 세계는 뭉치면 추

상, 흐르면 구상이 된다. [39]

태엽 시계처럼 비틀고 비틀어, 시간을 장착한다. 불안정. 그런 작위 후에야, 시간은 흐르기 시작한다. 작위가 멈춘 후무위에 이르면, 즉 안정되면, 더 이상 시간도 없다. 形은 본질적으로 다 비틀린 작위다. 그래서 모든 形엔 뱀 닮은 시간이 장착돼 있다. 形은, 필히, 흐른다. [40]

7. 틈새는 분출하는 푸른 아우성이다

파란 하늘에 흰 구름. 붉은 담과 회색 보도가 만나는 뱀 닮은 틈새로 가득한 초록 풀. 쇠비름, 꽃다지, 괭이밥, 강아지풀. 손 내밀 듯 하늘거리며, 門이 열린다. 形이 나온다. 새가나온다. 우주가 나온다. 가는 선이 부한 입방을 토하고 있다. 웃음. 틈새는 뿔 풍요다. [41]

본다. 꽃 속의 절. 절 속 나무. 나무 속 마천루. 마천루 속 호수. 호수 속 거울. 거울 속 나. 본다. 내 눈 속 우주. 우주 속나. 나, 幻, 나. 본다. 꽃, 내가 들고 있는 꽃, 꽃 속의 나. 돈다. 돈다. 이 세상은 뭘까? 왜 있는 걸까? 돈다. [42]

보도블록을 비집고 나온 민들레. 形의 오밀조밀한 응축은틈새에서만 나온다. 틈새는 들끓는 압축이다. 생성의 솥. 넓은 곳에선 어떤 形도 나올 수 없다. 넓은 곳은 식은 이완이다. 압축은 탄생의 有로, 이완은 소멸의 無로, 귀결된다. 압축은 눈, 이완은 盲이다. [43]

틈새는 형상의 보고다. 틈새는 분출하는 푸른 아우성이다. 저 손짓, 몸짓, 눈짓. 色, 윤곽. 아우성 주변으론 공간이 착 착 접히는데, 결국 形으로 化한다. 틈새에선 풀도, 꽃도, 사 람도, 심지어는 우주도 나온다. 그건 다 통찰이다. 밝음, 빛 말이다. [44]

여기엔 붉은 꽃이 있고, 저긴 비었다. 왜 있고 없을까? 빈 공간을 압축하면 實해져 形이 되고, 有가 된다. 그 形이 이 완하면 虛해져 無가 된다. 압축과 이완은 공간의 들숨과 날 숨인 거다. 압축은 눈이요, 이완은 盲이다. [45]

無는 形의 無 즉 無形이고, 有는 形의 有 즉 有形이다. 形은 나타나고 잠시 지속되다 곧 사라진다. 아주 느린 물결과 같 다. 形은 솔리톤처럼 잠시 지속되는 붉고 푸른 군(群)이다. 잠깐의 질서. 그건 물질의 눈 뜸이다. 快, 째진 웃음 말이다. [46]

공간을 한 번 접으면 팔이 돋고, 두 번 접으면 날개가 생긴 다. 공간을 접을 때마다 形은 착착 변한다. 하여 하늘을 날 거나, 바다를 헤엄치게 된다. 形은 그렇게 공간이 접히고 접 혀 이루어진 접기의 결과다. 접기는 몸의 聖 지혜다. … 틈 새는 공간이 꽉 접힌 곳이기에, 접힘으로서의 形은 다 틈새 다. [47]

접힌 공간은 形을 오밀조밀 팽팽하게 하고, 펴진 공간은 形 을 느슨히 주름지게 한다. 하여 공간이 접히면 얼굴은 펴져 젊음이 되고, 공간이 펴지면 얼굴은 접혀 늙음이 된다. 젊음

이란 공간의 틈새化요, 늙음은 공간의 벌판化다. [48]

無는 이완된 늙음이고, 有는 응축된 젊음이다. 하여 形 범벅
의 숲은 젊고, 빈 사막은 늙었다. 숲이 有의 화신이라면, 사
막은 無의 화신이다. 有는 새가 되어 삶을 날고, 無는 뱀이
되어 죽음을 긴다. 有는 파랗고, 無는 노랗다. [49]

새 닮은 '有'의 바탕은 뱀 닮은 쭈글쭈글한 틈새다. 그 틈새
는 들끓는 '無'다. 그건 수면과 심연의 관계와도 같다. 호수
위는 명징한 구상의 꽃이고, 아래는 모호한 추상의 흙이다.
하여 위는 形으로 피고, 아래는 黑으로 진다. [50]

色은 공간의 웃음이다. 웃으면 주름이 팽팽히 당겨지는데
그 긴장이 붉고 푸른 여러 色으로 나타난다. 하여 무지개는
아주 큰 웃음이다. 무지개는 공간이 뱀 닮은 새 닮은 色으로
활짝 웃는 거다. 色은 快한 날감각이다. … 검은 우주. 저 무
채색은 공간의 무표정이다. 무감정, 무감각이다. 저 먼 검음
은 우리에겐 통 관심이 없다. 우리를 위해 웃지도 울지도 않
는다. 우리완 무관하다. [51]

빈 공간이 접히면 形이 생겨 有가 되고, 그 有가 펴지면 形
도 사라져 빈 공간이 된다. 有와 無. 왜 접히고 펴질까? 왜
있다 없을까? 그건 그냥 숨쉬기다. 호흡, 들숨과 날숨. 우주
를 본다. 누군가가 有無의 숨을 쉬고 있다. 그는, 얼굴 없는
이치다. 감정 없는 섭리다. 그는, 숨이다. [52]

8. 나무, 땅으로부터 하늘로 균열 같은 경계가 자란다

겨울나무를 본다. 봉두난발, 形. 흩어진 가지는 균열이고 틈새다. 저 나무는 온통 뱀 같은 틈새뿐이다. 저 틈새로 곧 새같은 푸른 形이 만발할 거다. 또 서로를 거울로 비춘 듯 부분들이 다 닮아 있을 거다. 복제만으로 풍성함에 이를 거다. 여름, 모든 뱀이 불붙은 듯 새로 化한다. 춤, 춤. [53]

경계는 있음과 있음 사이의 없음이다. 경계는 없음의 있음이다. … 나무. 땅으로부터 하늘로 균열 같은 경계가 자란다. 나무. 빈 공간을 접어 가며, 경계는 틈새가 되고, 그 틈새에선 꽃과 잎과 달의 풍요가 나온다. 저건 땅의 틈새일까, 하늘의 틈새일까. 나무는 텅 빈 틈새로 가득 찬 形을 만든다. 없음으로 있음을 만든다. 盲으로 눈을 만든다. 나무는 마술이다. [54]

없음과 있음은 대등하지 않다. 없음은 있음의 한 종류다. 없음은 있음의 변종이다. 없음은 있음에 둘러싸여 있다. 없음에선 있음이 나올 수 없다. 없음으로 있음이 스며들 뿐이다. 있음에선 없음이 수시로 나온다. 없음은 일시적이고 부분적인 극단적 희박이다. 있음만이 홀로 있을 수 있다. [55]

솟음은 순진무구한 하늘에 틈을 낸다. 나무의 솟음이 자잘한 균열이라면, 마천루의 솟음은 도끼질이다. 솟음으로 통짜의 하늘은 갈라져만 간다. 틈새는 하늘의 겨드랑이와 같아, 많이 솟을수록 하늘은 점점 더 팔 많은 천수관음이 돼간다. 그리고 形을, 존재를 깨닫는다. 봐라, 하늘은 다 안다.

균열은 聖 지혜다. [56]

꽃에 이슬이 맺힌다. 形에 形이 더해진다. 공간이 한 번 더 접힌다. 틈새에 틈새가 덧난다. 꽃이라는 눈에 또 다른 눈이 열린다. 꽃이 더 오밀조밀해진다. 논리가 더 정교해진다. 지혜, 통찰, 주름, 눈. 이슬은 명백한 너무도 명백한 反盲化다. [57]

종이학을 접는다. 접는 건 주름의 응집 즉 밀도 높이기다. 접고 접다 보면 어느 순간 주름 더미에 불이 붙어, 종이는 학이나 개구리 또는 꽃처럼 찬란한 形으로 변한다. 하여 얇은 면이 도톰한 입체로 빛난다. 환해진다. 모든 形은 활활 타는 주름 불이다. 춤이다. [58]

표피는 잘 접히고, 덩어리는 안 접힌다. 수면은 쉬 접히지만, 바닷속은 안 접힌다. 하여 표피는 주름진 形의 향연이지만, 속 덩어리는 그냥 통짜의 無, 無形이다. 모든 形 논리는 표면에만 존재한다. 논리란 한껏 주름진 한 겹 무늬다. 논리엔 깊이가 없다. [59]

비가 오면 공간이 차고, 찬 공간은 접힌다. 가물면 공간이 비고, 빈 공간은 펴진다. 대체로 공간은 濕하면 접히고, 乾하면 펴진다. 하여 정글은 심히 접힌 공간이고, 사막은 쫙 펴진 공간이다. 봐라, 접힌 곳에선 形이라는 습한 눈이 돋고, 펴진 곳은 건조한 盲이 된다. … 눈은 여러 관계 즉 多를 보고, 盲은 딱 하나 즉 神만을 본다. [60]

벚꽃은 부서져 주위로 눈처럼 날린다. 목련은 부서져 그 자리에 흰 그림자로 남는다. 환하다. 봄, 분분한 파편들. 꽃나무 주변은 점묘화풍이다. 봄, 절정의 形이 무너진다. 논리가 무너진다. 盲, 盲化. 곧! 푸른 눈이 돋을 거다. [61]

꽃이 지면, 접혔던 공간이 퍼지며, 형상 없는 빈 공간이 된다. 꽃이 피면, 비었던 공간이 접히며, 있음의 형상이 된다. 틈새가 된다. 봐라, 오밀조밀 접힌 건 다 새가 되어 정교한 形으로 훨훨 난다. 꽃은 그냥 새다. [62]

새 닮은 벚꽃이 진다. 논리가 진다. 난분분하다. 꽃과 눈(雪). 봄이고 겨울이다. 幻, 망상이 펼쳐진다. 꽃이 진 자리마다 뱀이 드러난다. 새는 뱀이 된다. 形이 바뀐다. 우울한 가면, 망상이 펼쳐진다. 똩 통찰. [63]

9. 뱀이 하늘로 솟구쳐 천 개의 몸으로 갈라진다

땅에서 거대한 뱀이 하늘로 솟구쳐, 천 개의 몸으로 갈라지며, 만 개의 푸른 혀를 내민다. 그게 나무의 形이다. 그 形의 논리는 세상 곳곳에서 우아하게 반복된다. 또 풍성하게 복제된다. 근데 왜 복제할까? 복제는 무한 공간과 무한 시간을 채우는 제일 간단한 방법이니까. [64]

새는 새고, 뱀은 뱀이다. 또 민들레는 민들레다. 종(種)의 形은 깃털 색 하나까지 그대로 반복 구현된다. 하여 形은 논리다. 모양으로 구현된 논리다. 각 종은 서로에 대해 분명히

구분되는 자명한 논리다. 논리 체계다. 종이란, 亞진리다. [65]

여름 나무는 푸른 깃의 외다리 새 같다. 겨울-봄-여름. 계절은 마술 피리를 불어, 겨울 뱀이 파란 새가 되게 한다. 파란 혀(잎)가 푸른 깃이 되게 한다. 늴리리, 늴리리야. 춤추듯 形이 바뀐다. 논조도 바뀐다. 나도 바뀐다. 우주가 바뀐다. [66]

여름 숲은 거대한 외다리 새의 공간이다. 가만히 서서 사유하는 푸른 새들. 大타조 같다. 낯선, 낯선. 스-슬-스-스, 깃을 털면. 바람 소리뿐. 고요한 관념뿐. 봐라, 새의 다리는 하나같이 곧추선 뱀의 모양을 하고 있다. 숲에서, 새와 뱀은 하나다. [67]

겨울나무는 뱀 범벅이다. 그 뱀의 본질은 시간이다. 시간이라는 無形이 有形으로 구현된 게 저 검은 뱀이거든. 뱀은 모든 形의 근본 줄기를 이룬다. 가령 우리의 뼈, 기린의 목, 박쥐의 손가락에도 뱀은 있다. 그렇게 모든 形의 근간엔 굴곡지고 매듭진 시간이 있다. [68]

DNA도 뱀이다. 논리의 뱀이다. 기호의 뱀이다. 살아 있는 모든 形의 근간엔 저 수수께끼 같은 꼬인 뱀이 있다. 形은 그런 DNA의 투영이다. 形은 기호가 공간에 쫙 펼쳐 놓은 홀로그램이다. 붕 뜬 응시, 헛, 幻 말이다. 그건 작용이라는 觸이 만들어내는 착시다. [69]

홀로그램, 장막, 스크린. 그리고 빛. 또 응시. 無形의 기호가 有形의 色과 윤곽을 얻는 과정이 투사다. 그건 차원의 확대다. 차원이 확대되며 추상적 기호는 감각적 실체로 구상化하지만, 그건 결국 헛이다. 눈, 코, 입, 귀의 착각. 가짜. 세계란 지금 여기에 맺힌 잠깐의 像일 뿐이다. [70]

10. 겨울 숲, 시간이 엉켜 있다

뱀은 여기 온몸으로 닿고, 새는 저기 멀리로만 보인다. 뱀은 觸이고, 새는 視다. 觸이든 視든 다 盲은 아니다. 눈 뜸이다. 질서다. 감각이다. 하여 그건 生이요, 有요, 지혜다. 盲은 無感의 혼돈이다. [71]

겨울나무엔 시간이 응결돼 있다. 덕지덕지. 겨울나무는 시간의 고드름이다. 그 시간은 흩어지지 않고, 쌓이고 자라며, 뱀처럼 흐른다. 겨울나무를 본다. 뱀이 엉켜 있다. 시간이 엉켜 있다. 논리가 엉켜 있다. 겨울나무는 뱀 닮은 시간으로 공간을 구축한다. 겨울나무는 盲이면서 非盲이다. [72]

까치가 분주히 난다. 잔선을 그리며. 뱀을 그으며. 새의 동선은 뱀이다. 시간의 뱀이다. 공간을 흐르는 저 시간의 뱀들, 쉬 사라진다. 관능. 나무는 새완 다르다. 나무는 성장의 잦은 동선이 가지의 形으로 길게 오래 축적돼 간다. 그 축적, 견고함이 논리다. 나무는 시간의 논리 체계다. [73]

겨울나무엔 수백 년의 시간이, 나에겐 수십 년의 시간이, 민들레엔 수개월의 시간이 얼어붙어 있다. 그 시간은 빙하처럼 조금씩 쌓이고 또 흐른다. 또 자란다. 봐라, 形의 세상은 다 시간의 얼음인 거다. 견고한 觸! 세상은 시간의 빙하기다. [74]

우린 움직이고 자란다. 자랄 때 시간은 얼음처럼 쌓이고, 움직일 때 시간은 공기처럼 날린다. 전자는 몸, 후자는 동선이다. 자랄 때 시간은 겨울이고, 움직일 땐 여름이다. 하여 숲엔 시간의 겨울 풍경이, 도심 출근길엔 시간의 여름 풍경이 있다. [75]

시간의 여름은 공기 같은 유체여서 동선처럼 形이 없지만, 시간의 겨울은 얼음 같은 고체라서 만지고 닿을 수 있는 實한 形이 있다. 전자는 관념의 視로, 후자는 실체의 觸으로 귀결된다. 전자는 새요, 후자는 뱀이다. 視든 觸이든 그 작용은 다 정연한 논리다. 하여 盲이 아니다. 깸이다. [76]

겨울나무, 동선이 쩽 얼어붙어 있다. 저건 공간이 쌓인 움직임의 얼음이며, 시간이 쌓인 변화의 얼음이다. 즉 겨울나무는 시공간의 얼음이다. 우주의 얼음이다. 겨울 숲은 시간의 大빙하기다. [77]

숲은 공간이 쌓인 곳이고, 사막은 시간이 쌓인 곳이다. 공간은 탁하고, 시간은 맑다. 하여 공간이 쌓이면 어둠이 일어 濕해지고, 시간이 쌓이면 빛이 일어 乾해진다. 濕은 形을 쌓고, 乾은 形을 부순다. 봐라, 우린 살아서 濕하고, 죽어서 乾하다. [78]

앙상한 겨울나무 밑을, 휘날리는 머플러의 여자가 지나간다. 멈춤과 움직임. 식물엔 시간이 얼어붙어 있고, 동물엔 시간이 녹아 흐른다. 식물은 시간의 겨울-빙하기요, 동물은 시간의 봄-해빙기다. 시간은 멈추면 눈 감아 盲이 되고, 움직이면 눈 떠 視가 된다. 하여 식물은 盲, 동물은 視다. 겨울은 盲, 봄은 視다. 시간은 수시로 눈을 감고 뜨며, 각 形마다에 다른 계절로 엮인다. [79]

겨울 숲, 시간이 엉켜 있다. 논리의 뱀들이 엉켜 있다. 겨울, 나무 形의 본질이 그대로 드러난다. 겨울, 숲엔, 공간과 야합한 시간이 적나라하게 드러나 있다. 기이한, 벌거벗은 形, 원초의 공간. 뱀과 盲. 뱀과 균열. … 겨울나무엔 심연의 혼돈과 표피의 논리가 공존한다. [80]

11. 늘 본질은 뱀이고, 形은 표피다

시간은 팔다리가 없기에 어떤 짓도 안 한다. 오직 스며들 뿐이다. 물 같다. 습하다. 시간은 가위눌림처럼 행동 없는 관념이다. 시간은 공간이 꾸는 축축한 꿈이다. 시간은 實 없는 幻이다. [81]

물과 形. 물은 팔이 없다. 물은 뭉뚱그려진 形이다. 물은 모양의 벙어리다. 물은 침묵과 盲이다. 반면 形은 많은 팔을 갖는다. 形은 온갖 윤곽으로 갈라지고 갈라진다. 形은 모양으로 떠는 수다다. 形은 달변과 눈, 지혜다. … 이 세계는 분열이라는 수다의 결과물이어서, 形, 形, 온통 形투성이다.

[82]

연잎 중앙에 고인 물을 본다. 팔 없는 덩어리. 통찰 없는 맑은 무지. 盲. 고인 물은 反 천수관음의 모습이다. 반면, 바다는 많은 팔을 갖는다. 파도라는 팔. 해류라는 팔. 조류라는 팔. 바람과 달이 바다 덩어리에 갈라짐의 지혜를 부여한다. 닿음, 風觸, 月觸. 바다는 찐 천수관음이다. [83]

千手觀音은 千觸觀音이다. 觸의 손엔 눈이 하나씩 있기에, 모든 觸은 視가 된다. 닿는다. 닿아, 본다. 닿아, 안다. 닿음은 응시다. 觸과 視, 그 모두는 눈에 기반한 것으로, 결국은 反盲이다. 지혜다. 깨어남이다. [84]

가을, 단풍, 붉고 푸른 깃이 무너지며 새는 다시 뱀이 된다. 形이 바뀐다. 벌거벗은 시간이 뱀 닮은 굵은 가지로 드러난다. 나무의 원초적 논거가 드러난다. 저, 사방의 고집 혹은 논리. 뱀이 무변(無變)의 견고한 속이라면, 새는 천변만화하는 겉이다. [85]

形은 뱀이 입은 옷이다. 늘 본질은 뱀이고, 形은 표피다. 겉, 形은 음악처럼 변주되며 표면만을 흐른다. 깃발에 이는 바람 무늬처럼, 수면에 이는 바람처럼. 번지르르하게. 形은 잠시의 幻이고, 그 幻은 푸드덕 새다. … 시간은 形을 표피로만 겉돌게 한다. 그게 윤회다. 진화다. 바람이다. [86]

12. 대나무의 수직이 비라면, 소나무의 수직은 용이다

숲엔 온갖 形들이 녹아 있다. 숲은 形의 용광로다. 숲은 녹
색의 生 주물로 덩어리져 있다. 그리고 끓는다. 거기서 꽃이
피고, 사슴과 뱀이 태어난다. 각 생명은 종(種)마다가 하나
의 주형틀이다. 숲은 生 공장이다. [87]

겨울나무엔 벼랑이 주렁주렁 달려 있다. 기이한 꿈, 추락,
절망. 겨울나무는 망상이다. 그건 무너진 무엇이고, 눈 없는
無形이다. 반면 여름 나무는, 그 무성한 이파리는 논리와 정
합에의 증명이다. 그건 솟음이고, 이치이며, 눈 뜬 有形이다.
[88]

보면, 겨울나무는 시간이고, 여름 나무는 공간이다. 공간은
입체의 치렁치렁한 形으로, 시간은 無形의 건조한 선으로,
가득차려 든다. 하여 공간은 촉촉한 새로 날고, 시간은 메마
른 뱀으로 긴다. 공간이 구상의 먼 視라면, 시간은 가까운
추상의 觸이다. 시간은 무채색 추상이다. [89]

대나무의 수직이 비라면, 소나무의 수직은 용이다. 용의 상
승은 굽이굽이 곡선을 섞지만, 비의 하강은 오직 직선뿐이
다. 그 차이는 거스름과 순응이다. 대체로 시간을 거스르면
굽은 形이, 순응하면 곧은 形이 나타난다. 거스름은 쉬 눈이
되고, 순응은 곧 盲이 된다. [90]

도로의 횡단 방향은 속도에의 거스름이고, 종(縱) 방향은
순응이다. 순응하면 속도가 빨라져 形은 베이컨의 그림처럼

뭉개지고, 거스르면 정체돼 形은 다비드의 그림처럼 선명해진다. 시간도 그렇다. 우리라는 이 形은 시간을 횡으로 거스르기에 이리도 선명한 윤곽을 갖는 거다. 진함은 거스름이다. [91]

시간이 흐른다. 시간은 욕망의 방향이다. 작위의 방향 말이다. 그래서 늘 부딪고 깨진다. 다 부서져 무위가 되는 순간, 태엽 풀린 장난감처럼, 더는 시간도 없다. 변화도 없다. 無. … 호수에 던진 돌처럼 욕망과 작위는 최초의 질서 한 번과 이후의 긴 무너짐을 갖는다. 波, 波, 波. 널리 무질서해지며 視는 차츰 盲이 돼 간다. 시간은 盲化의 과정이다. [92]

종(種)과 종이 있으면 서로 거스른다. 하여 이빨은 더 뾰족해지고, 다리는 더 빨라진다. 그렇게 거스르면 각 形은 각각으로 도드라지고, 여러 사건을 일으키는데, 그 충돌은 순서대로 퍼진다. 물결~ 퍼지다 잦아든다, 잦아들다 사라진다. 솟구친 후의 퍼짐, 무위化, 盲化, 그게 시간의 방향이다. [93]

13. 시간은 한데 뭉친 공간을 펴 표피가 되게 한다

사슴뿔처럼 자란 겨울나무. 공간에 시간이 쌓여 얼어붙으면, 공간은 맑은 논리를 얻어, 차츰 정교한 形으로 변해 간다. 그 形은 시간이 쌓이고 쌓여 이루어진 시간의 얼음이다. 시간의 결정, 시간의 觸. 겨울, 다 명쾌해진다. 겨울 숲은 수백 년의 시간의 숲이다. [94]

자라는 아이 즉 성장은 시간의 얼음化다. 달리는 아이 즉 움직임은 시간의 물결化다. 시간은, 빠르면 물결로 느리면 얼음으로 보인다. 시간은, 빠르면 윤곽이 뭉개진 여름의 形으로, 느리면 진한 윤곽의 겨울의 形으로 나타난다. 시간이 神처럼 形의 形을 形으로 요리조리 주무른다. [95]

빠르게 변해야만 시간은 느껴진다. 변화가 없다면 시간도 없다. 하여 저 심연엔 시간이 없지만, 꽃이 피고 지는 이 표피엔 시간이 넘쳐흐른다. 그 넘치는 시간이 이런저런 形으로 응축된 게 이 세계다. 시간은 오직 표피에만 꽃처럼 쌓인다. … 神도 표피에만 있다. 얕다. 심연은 無神이다. [96]

공간은 시간을 따라 전개된다. 시간은 한데 뭉친 공간을 펴 표피가 되게 한다. 그건 시간이 공간을 얇게 썰어 표피로 만드는 것과 같다. 그 표피에 새겨진 한 겹 무늬가 바로 우리다. 우린 바로 이 순간이다. 검게 덩어리진 저 공간이 無라면, 形形色色 잘린 이 표피는 有다. 無는 盲, 有는 눈이다. [97]

시간은 마술이다. 시간이 있어야 공간은 표피도 되고 무늬도 새겨지는데, 그 주름진 무늬의 패턴이 바로 논리다. 무늬로서의 논리는 긴 시간의 조몰락거림이 만드는 정연하고 당연한 귀결이다. 시간은 마술이다. 시간은 불필요는 버리고 필요만 취해 필연의 形을 만든다. 논리를 만든다. [98]

시간은 덩어리로서의 공간을 펴 표피로 만들고, 그 표피를 다시 접어 살짝 무늬(形)로 만든다. 무늬란 얇은 공간의 구겨짐이다. 그렇게 시간은 공간을 수시로 펴고 접으며 많은 패턴을 만드는데, 그 과정이 진화다. 우주다. 시간은 조몰락거리는 神의 손이다. 시간은 觸투성이 觸手다. 시간은, 천수관음이다. [99]

시간은 덩어리로서의 盲 공간을 얇게 저며 낸다. 그리고 일렬로 나열한다. 시간에 의해 공간은 접촉면이 크게 늘어난다. 그리곤 관계 즉 사건이 일어난다. 그 사건이 세계다. 可視의 세계. 세계란 번쩍 눈 뜸인 거다. 깸, 깸, 깸, 깸 말이다. 시간은 눈이다. [100]

시간은 틈새에 잘 고여 든다. 시간은 틈새에 달라붙어 形을 쑥쑥 전개시킨다. 허허벌판에선 시간도 겉돈다. 시간의 본질은 접고 펴는 것이기에! 틈새에서만 시간은 유의미해진다. 벌판은 시간 없는 영원이다. 시간을 느끼는가? 좁은 틈새라는 증거다. [101]

14. 서리 내린 강아지풀은 시간의 현현이다

서리 내린 강아지풀. 얼음 털 달린 털. 시간은 벌거벗었다. 투명하다. 시간은 옷을 입어야 비로소 보이는데, 그게 바로 저 形이다. 그 옷은 먼이거나 입방, 또 털이거나 살이다. 色이다. 심지어는 웃음이다. 서리 내린 강아지풀은 시간의 현현인 거다. [102]

논리와 정합성이 있는 곳에서만 시간은 있다. 시간은 유의

미와 상관있다. 중구난방으로 움직이는 곳에선 시간도 없다. 그냥 관계의 무의미한 변화만 있을 뿐. 멍함만 있을 뿐. 盲만 있을 뿐. … 혼돈처럼 무의미한 변화는 시간이 아니다. 질서 정연한 변화만이 시간이다. 시간의 바탕엔 논리와 정합성이 깔려 있기에, 시간은 필히 形이 된다. [103]

걷는다. 걸으면, 빈 공간은 차고, 찬 공간은 빈다. 시간에 따른 움직임 즉 동선은 휘발성 높은 복제라 할 수 있다. 걸으면, 形은 복제되자마자 곧 사라진다. 환상인 것처럼. 아버지와 아들로 대를 잇는 것처럼. 걷는다. 걸음은 나의 번식이자, 소멸이다. [104]

닿을 수 없는 저 공간의 무한함은, 여기서 시간의 무한함이 된다. 하여 복제는 形이 시간에 대응하는 일종의 놀이다. 놀이. 왜 놀까? 시간을 견디려고. 지루하기에. 긴 시간을 버티려고. 부질없기에. 의미 없기에. 그냥 오고 또 그냥 간다. 웃는다 또 흐느낀다. … 무한은 무심하다. 희로애락은 유한에만 있다. [105]

누런 보리밭 속, 가늘고 푸른 외줄기 끝, 붉은 양귀비. 붕 뜬 붉은 입술 같다. 입, 生을 떠든다. 즐거운 形의 놀이. 色과 모양의 조화, 향연. 이 뜬 풍경은 모두에의 공통 '실체'가 아니라, 일부만이 보는 '현상'이다. 즉 본질과는 상관없는 한 겹 표피인 거다. [106]

본질은 논리고, 形은 환상이다. 논리가 알맹이고, 形은 껍데기다. 시간은 껍데기를 버리고, 알맹이에만 집중한다. 하여 시간은 논리에만 쌓인다. 긴 DNA와 더 긴 기호의 역사. 긴 긴 뱀. 긴긴긴 솟대. 시간은 논리의 등줄기를 이룬다. 시간은 논리의 강철 척추다. [107]

아버지와 아들. 복제엔 시간이 내재돼 있다. 복제는 긴 시간을 견디는 방식이기에. 복제는 시간을 타고 논다. 장난친다. 그 장난엔 불안스런 떨림이 내재돼 있다. 떨림은 실존의 틈새다. 떨림은 차이다. 복제를 통해 그는 다시 산다. 形의 논리를 통해 그는 떨듯 불멸한다. 그리고 시간을 돈다. 돈다, 논리 衣 회전목마, 돈다. [108]

15. 틈새는 공간의 배꼽이다

겨울, 양지바른 비탈 한구석이 파랗다. 삐죽삐죽 손 뻗은 작은 풀들, 여기가 땅의 트인 틈새구나. 배꼽이구나. 겨드랑이구나. 쨍. 회색의 겨울 땅이 꽃처럼 色을 뿜고 있다. 숨을, 生을 뿜고 있다. 솟대! 새! [109]

넝쿨은 곡선이고, 마천루는 직선이다. 자연은 횡(橫)으로 휘고, 문명은 종(縱)으로 뻗는다. 도시 속 숲은, 자연의 욕망이 굽어 삐져나오는 틈새고. 숲속 도시는, 인간의 욕망이 곧게 삐져나오는 틈새다. 굽든 곧든, 모든 틈새는 形을 찍어내는 實 공장이다. 논리를 몸으로 찍어내는 實한 實 공장 말이다. [110]

자연은 덩굴처럼 휘고, 문명은 고속도로처럼 곧다. 덩굴은 공간 사이를 잇고, 도로는 공간 사이를 가른다. 도로가 칼 같은 벼랑이라면, 덩굴은 끈 같은 관계다. 하여 문명은 이리 저리 공간을 깎고, 자연은 요리조리 시간을 잇는다. 문명은 홀로요, 자연은 함께다. [111]

문명은 각자가 고정된 표정의 가면을 쓰고 있다, 자연은 희로애락이 하나에서 명멸하는 맨얼굴이다. 문명은 하나의 像만을 가진 돌의 세계다, 자연은 무수한 像이 幻처럼 비치는 물의 세계다. 문명도 자연도 다 틈새에서 나온 한 줄기 像으로, 盲 아닌 눈이다. 꽃이다. [112]

틈새에 무성한 파란 풀, 뱀처럼 길쭉한 形, 形. 저건 땅의 숨결이다. 민들레 숨, 괭이밥 숨, 바랭이 숨, 숨. 땅의 숨은 푸르고, 질식은 붉다. 단풍은 숨 막혀 붉다. 봐라, 땅의 숨은 저렇게 정연한 形으로만 나타난다. 숨은, 푸른 새다. [113]

덩어리는 無形이다. 고집만 있고 통찰 없는, 무명(無明)이다. 盲. 거기서 팔이 나오면 별별 윤곽들이 생겨나 묘한 形을 이루는데, 그건 덩어리가 깨지는 거와 같다. 팔이 나올 때마다 주변과 다 닿으며 통찰도 함께 열린다. 앎과 形. 앎과 視. 앎과 균열. 팔은, 갈라짐은, 지혜다. … 팔이 나오면 겨드랑이가 생기고, 그 틈에선 날개 닮은 실존이 달처럼 幻처럼 솟는다, 푸드덕. [114]

파란 바다 위로 검은 돌고래가 튀어 오른다. 돌핀, 반달 같은 저 形. 저 形은 공간의 배꼽이다. 없던 존재를 있게 하는 배꼽. 배꼽, 응축과 분출의 공간! 틈! 틈새. 그 배꼽이 내미

는 것은 한 무더기의 논리다. 존재다. [115]

틈새는 공간의 배꼽이다. 틈새는 밋밋한 공간을 접어 응축하고 응축하다. 고압의 생명으로 모순 없이 논리정연하게 분출한다. 쏴아 쏜다. 높게, 生, 솟음. 그 결과가 나무, 풀, 꽃, 버섯 같은 저 온갖 높이의 形들이다. 삶들이다. 오똑 선 저 눈들 말이다. [116]

形은 왜 흩어지지 않을까. 틈새에 끼었기에. 形은 움직임의 군(群)이다. 움직임의 응집이다. 같이 움직이는 것, 즉 솔리톤 같은 거다. 우린 잠시의 파도 形과 같다. 물론 죽은 후엔 흩어지겠지만. 삶은 틈새에 낀 짧고 강한 응집이다. 감각의 응집, 삶이란 快의 축제다. … 形은? 形=삶=고집=솟음. [117]

16. 저 눈의 인다라망이 세계를 응시하고 있다

이슬 속 해와 풀을 본다. 이슬 또한 틈새다. 그 작은 틈으로 온 세상이 굽어 들어가 있다. 돌돌 말려 있다. 영롱한 흰 세계. 그건 차원이 축소된 복제다. 눈 닮은 꼬마 우주. 그 안엔 살얼음 같은 느린 시간도 있다. 이슬이 스러지면, 그 안의 세계도 그 세계 안의 나도 사라진다. 다 사라진다. 有와 無란 일상다반사다. [118]

블랙홀은 검은 이슬이다. 그 안으로 온갖 形들이 둥글게 말려 들어간다. 實한 空. 가득 찬 虛. 그 검은 틈새로, 形은 나오지 않고 들어만 가기에, 블랙홀은 역 배꼽이라 할 만하다. 실존의 역! 盲! 별은 눈이요, 블랙홀은 盲이다. [119]

이슬을 본다. 이슬 안에 내가 있다. 이슬이 날 가둔다. 응시가 날 가둔다. 나는 두 개로 분리된다. 이슬 안의 나, 산책하는 나. 그 순간 우주도 두 개로 분리된다. 우는 나, 웃는 나. 이 세계는 단지 표피다. 표피란 나뭇잎처럼 복제되고 분열되며 계속 무성해지기만 하는 곳이다. 視, 반사像의 곳! [120]

이슬과 닿으면, 햇빛의 흰 비늘은 벗겨져, 날것의 色으로 드러난다. … 거미줄에 송골송골 이슬이 맺혀 있다. 각 이슬마다엔 풍경이 하나씩 고여 있다. 여러 개의 色 우주가 공중에 뜬 채 빛나고 있다. 대롱대롱 대롱 우주. 눈 우주. 저 눈의 인다라망이 세계를 응시하고 있다. … 像, 보석과 눈과 지혜, 거울과 눈과 幻視, 복제와 눈과 논리, 像. [121]

17. 모든 形의 뒤엔 늘 검은 막이 있다

틈새에서 無形의 아우성을 본다. 욕망하는 유전자. A-G-C-T라는 기호의 아우성. 틈새에선 정교한 추상 논리가 민들레라는 有形 즉 구상으로 구현돼 나온다. 그 形 논리의 본질은 DNA라는 회오리 뱀이다. 욕망에 눈이 생기면 形이 되는데, 그건 감각의 쇼다. 춤이다. [122]

꽃을 본다. 우리가 볼 수 있는 것은 저 윤곽과 色뿐이다. 겉

뿐이다. 形뿐이다. 근원의 기호와 추상은 생성엔 유용하지만 보이지 않는다. 그건 불투명한 심오다. 견고한 神의 영역. 꽃을 본다. 겉의 일렁임만을 본다. 빛의 유희만을 본다. 겉, 거울 가면 같은 겉, 幻. [123]

기호가 구상化한 것이 形이다. 그건 높이의 새다. 들뜸. 기호는 그냥 추상으로 있으려 한다. 원래 그렇다. 그건 낮은 뱀이다. 기저. 세계의 본질은 오르락내리락하는 기호의 놀이다. 기호는 표면 위로 드러나거나, 밑으로 감춰진다. 드러나 관능이 되거나, 감춰져 원리가 된다. 그 놀이를 하는 자는 神 이치다. [124]

연못 속 진흙에서 연꽃이 나온다. 틈새를 비집고 나오는 저 분출, 像. 우주도 꽃이다. 아름답지만 배후가 가려진 걸, 말이다. 수면 위, 形의 놀이 말이다. 모든 形의 뒤엔 늘 검은 막이 있다. 形은 그 막후의 구현일 뿐이다. 形은 단지 가면이다. 쇼, 幻, 감각. [125]

원리가 추상이라면, 우주는 구상이다. 우주는 특히 시각적으로 구현된 形이다. 우주는 보여주기 위한 쇼케이스다. 그래서 우주는 빛이고 形이며 응시다. 표피다. 가면이다. 우주의 심연은 어둠과 기호와 추상으로 이루어져 있다. 우주가 듬성한 새라면, 그 심연은 우글거리는 뱀이다. [126]

形은 우주라는 깊은 바다의 표피다. 바람이 휘몰아쳐 거칠게 일렁이는 수면 말이다. 形은 검음 위를 순간순간 명멸하는 색색의 물결무늬로, 한 송이의 새와 같다. 하여 난다. 면

으로 난다. 심연 위로 난다. 심연이 어두운 肓이라면, 수면
은 빛나는 色 눈이다. [127]

문장은 바다 같은 무의식의 찰랑이는 수면이다. 온갖 무늬
를 그리는 표피 말이다. 문장엔 나의 마음이 이런저런 이미
지로 비쳐진다. 복제된다. 이미지는 내 관념의 像이다. 물그
림자다. 무의식이 肓이라면, 像으로서의 이미지는 눈이다.
[128]

18. 문자는 관념의 웃음이다

문자는 주름의 선이 밀집된 일종의 틈새다. 그 틈새에서 나
오는 形은 무형의 관념이다. 하여 책은 관념의 도시를 이룬
다. 책은 사유라는 자본, 개념이라는 마천루, 논리라는 도로
가 범벅이 된 도시 공간이다. 책은 관념이 고밀도로 응집된
뱀 像이다. [129]

도서관의 책, 웹 문서, 광고판의 문구를 보라. 문자는 문명
을 관념化한다. 하여 돌과 쇠와 유리를 벗어나게 한다. 물질
을 벗어나게 한다. 문자는 도시에 관념이 스미게 한다. 문자
로 인해 도시는 공간의 두뇌가 된다. [130]

문자는 관념을 정량化한다. 물질化한다. 하여 관념을 가지
고 놀 수 있게 한다. 문자는 無形의 관념에 주름의 形을 부
여한다. 하여 이 책은 내 관념의 주름化요 표피化다. 하여
이제부터 난 聖 틈새다. 하여 내 관념엔 이파리 같은 눈이

돈는다. [131]

문자는 물질과 관념의 중간에 있다. 문자는 둘 사이의 매개체다. 문자는 웃음을 닮았다. 웃음도 물질과 관념의 중간에 있거든. 문자는 관념의 웃음이다. 문자는 물질이 웃는 거다. 문자와 웃음은 모두 뱀 같은 틈새에서 나온 뱀 닮은 새다. 뱀 닮은 꽃, 야, 국화꽃이다. [132]

접기는 마술이다. 글자는 접힐수록 뜻이 되고, 공간은 접힐수록 形이 된다. 形도 그 본질은 뜻이다. 꽃이든 나무든 코끼리든 새든 다. 하여 모든 形은 우주의 문자인 거다. 사람도 문자다. 사람은 좀 특별하다. 사람을 통해서만 물질과 관념은 하나로 엮일 수 있다. 사람은 일종의 영매다. [133]

도시와 숲은 접히고 접혀 쭈글쭈글 주름진 공간이다. 틈새다. 틈새는 입 같다. 틈새는 입이다. 하여 도시와 숲은 말한다. 모양으로 말한다. 形을 말한다. 물질의 말, 도시와 숲은 구어체의 문자를 말한다. 라일락, 마천루, 노루, 유칼립투스, 마구 떠든다. 그 말은 뱀이요, 뜻은 새다. [134]

도시와 숲은 말한다. 복제로 말한다. 그 말이 복제하는 것은 구구절절 욕망이다. 자기 퍼트리기. 수다. 도시와 숲에 널린 저 다양한 形의 본질은 사실 욕망이다. 하여 그들은 서로 불끈 닮아 있다. 솟음으로 닮아 있다. 이기로 닮아 있다. 그 솟음의 본질은 맹렬한 觸이다. [135]

마천루와 도로는 공간의 주름으로, 도시를 틈새 공간으로

만든다. 나무와 꽃도 공간의 주름으로, 숲을 틈새 공간으로
만든다. 틈새는 좁음으로 끓는다. 하여 도시와 숲에선, 온갖
形과 色이 욕망의 새처럼 날아오른다. 분출한다. 푸드덕. 여
기서 틈새라는 뱀은 필히 形이라는 새가 된다. [136]

19. 부스럭거리며 반짝이는 색색의 과자 봉지

마른 잡풀이 우거진 누런 밭을 본다. 혼돈, 있지만 없는, 無
形의 땅. 저렇게 주름만 모여선 아무 것도 아니다. 무의미
다. 저 주름 범벅에 논리가 갖춰져야 비로소 形이 된다. 뜻
이 된다. 가령, 저기에 붉은 꽃이 핀다면! … 혼란 속 한 송
이 꽃은 눈 뜸과도 같다. 盲을 벗어나는 것. 그 순간, 꽃은
새다. [137]

무채색의 면에 붉은 점을 찍으면, 솟는다. 色은 평평한 돌기
다. 色은 평면을 마천루로 솟거나 심연으로 꺼진다. 이차원
의 삼차원化, 하여 아찔한 깊이가 생긴다. 色은 면을 오밀조
밀 틈새化한다. 色, 눈 뜸, 귀 열림, 가면化. 色은 높이 없는
입체다. 色은 관념에만 새겨지는 벼랑 닮은 幻이다. [138]

검은 종이에 푸른 色을 찍는다. 빈 종이는 들끓는 뱀으로 존
재하는데, 그건 무의식 혹은 無形의 盲이다. 종이에 色 하나
를 찍으면, 그건 환해지며 솟아올라 높이의 새로 선다. 난
다. 새는 응시요, 눈 뜸이요, 의식이다. … 色을 찍으면, 色
으로, 마술처럼 뱀은 새로 化한다. 觸은 視로 化한다. [139]

부스럭거리며 반짝이는 색색의 과자 봉지가 아이의 눈엔 마천루보다 더 높아 보인다. 쨍, 그 순간 새가 난다. 빛의 새, 色의 새, 소리의 새. 신비의 새. 色이란 주관적 감각의 높이다. 동심의 높이다. 봐라, 날아오른 저 새는 훗날 아이의 무지갯빛 가면이 될 거다. 예술. [140]

해 질 녘 마천루의 모서리가 빛과 그림자를 가른다. 칼로 자른 듯. 밝고 어둡다. 모서리는 늘 첨예한 경계인데, 그건 작위의 특징이기도 하다. 벼랑을 갖는 것 말이다. 모서리는 돌출된 양(陽)의 틈새다. 그 틈새는 빛을 쥐어짜, 무감한 形에 멜랑콜리를 더한다. 聖, 우울. [141]

숲은 혀처럼 나불거리며 形을 말하는, 形이 무성한, 육체의 공간이다. 사막은 그 形의 말들이 가루로 부서지는, 침묵하는, 관념의 공간이다. 봐라, 숲은 뭐든 접어 틈새를 만들고, 사막은 다 펴서 벌판을 만든다. 도시는? 그냥 문자다. … 숲은 온갖 가면이 들끓는 곳이고, 사막은 이목구비 없는 맨얼굴이다. [142]

숲은 형태를 복제하고, 사막은 부서짐을 복제하여, 자기로 자기를 채운다. 전자의 결과는 生, 후자의 결과는 死다. 극과 극으로 갈리지만, 그 모두는 實이요 닮음의 뱀이다. 반면 호수는 빛만을 가득 복제하는데, 그 결과는 虛요 幻이요 응시의 새다. 근데 저 먼 우주는 實일까 虛일까. [143]

20. 반짝이는 과자 봉지 속 악어 한 마리

코끼리 다리 같은 바오바브나무를 본다. 우뚝. 세상의 기둥들. 저건 뭔가의 다리다. 몸통은 안 보이고 온통 다리만 보이는 풍경. 고개 드니, 하늘이 몸통이구나. 푸름이 몸통이구나. 여기서 하늘은 다족류다. 하늘이 발로 모두와 닿고 있는 이 풍경. 觸을 통한 視! 숲의 하늘은 足 천수관음이다. [144]

사막의 하늘은 물고기처럼 다리가 없다. 붕 뜬 저 거대함이, 모래 위를 매끈하게 헤엄친다. 와우, 백내장 걸린 해의 눈으로 주변을 쏘아보니, 여기서 하늘은 완전 어류다. … 저 하늘은 그 무엇과도 닿지 않는, 거대한 홀로다. 닿음 없는 盲. 사막의 하늘은 反 천수관음이다. [145]

박쥐들이 나무에 열매처럼 매달려 있다. 검은 잎 같다. 바람 불면, 나무는 그 전체로 하나의 검은 새처럼 들썩인다. 날 듯, 날 듯, 아주 날 듯. 순간, 익숙한 나무의 形이 낯선 새의 形으로 바뀐다. 가면을 쓴 듯. 가면을 벗은 듯. 논리의 변조. 탈바꿈. 틈, 저 틈새로, 지평이, 새 지혜가 열린다. [146]

꺼끌꺼끌한 악어의 몸을 뱀처럼 휘감고 있는 검은 수초. 얼룩덜룩 얼룩 악어. 얼룩말 악어. 물결 같다. 물결이 된 악어. 일렁이는 악어. 잠복 중인 악어는, 수면 위 무늬로만 보인다. 가짜, 저 가짜의 視는, 虛하다가 觸의 순간에만 무시무시한 實로 변한다. [147]

숨어 누(gnu) 떼를 응시하는 악어. 악어의 보석 같은 눈엔 태초의 우주가 들어 있다. 악어가 눈을 깜박인다. 하나의 우주가 피었다 진다. 깜빡, 깜빡, 깜빡, 깜빡. 곧, 뭔 일이 날 거다. 촉발. 피의 우주. 피범벅의 우주. 우리의 우주는 사건의 우주, 충돌의 우주다. [148]

악어와 누. 찢김, 피, 포식. 잡아먹는다, 잡아먹힌다. 충돌, 이건 논리의 충돌이다. 한 논리가 다른 논리를 집어삼키는 것 말이다. 공격 또 방어. 이건 응시와 응시의 충돌이기도 하다. 하여 세계는 거칠게 '쾅' 닿는다. 흐느낌, 觸, 觸. [149]

악어의 눈엔 틈새가 있다. 길쭉한 동공. 그건 고양이의 눈에도 있다. 門 같다. 그 틈새를 거치며 實한 세상의 온갖 빛은 머릿속 관념의 形으로 활활 무성해진다. 관념의 숲. 의식의 불. 눈이란 실제와 가상의 세계를 잇는 門, 色門이다. [150]

눈 감으면 혼돈, 눈 뜨면 질서. 질서는 눈, 혼돈은 盲. 논리는 눈, 비논리는 盲. 객관은 눈, 주관은 가짜 눈. 가젤과 치타가 경쟁하는 자연은 눈, 그걸 멍하니 보는 우리의 무의식은 盲, 그걸 통찰하면 다시 눈. 벽은 盲, 벽에 거울을 붙이면 눈. 땅은 盲, 땅에 생명이 자라면 눈. 눈 뜨면 질서, 눈 감으면 혼돈. [151]

악어의 눈은 공격적인 이슬이다. 쏘아보는 눈. 그 쏘아봄의 정체는 동공에 있다. 동공은 검은 달, 검은 하이라이트다. 그믐달처럼 길게 찢어진 동공의 눈이 누 떼를 노려보고 있

다. 상상. 視의 幻은 곧 觸의 實이 될 거다. 가짜는 곧 진짜가 될 거다. 촉발, 피, 이빨. [152]

반짝이는 과자 봉지 속 악어 한 마리. 그걸 집어 먹는 논리누(gnu). 정합의 깨짐. 비논리. … 이런 걸 해독하는 건 인간뿐이다. 자연은 그런 난센스는 그냥 뭉개 버린다. 자연은 논리적이다. 비논리에 집착하는 건 인간뿐이다. [153]

21. 연꽃은 무미건조한 물질이 꾸는 꿈이다

떨림. 모든 形은 수면 위 물그림자 같은 거다. 불안정하게 일렁이며, 비친 것. 쉬 사라지는 것. 본질은 여기가 아닌 저편에 있다. 이건 그냥 무늬다. 像이다. 幻이다. 진(眞) 진흙에 뿌리 둔, 연못 위 붉은 가(假) 연꽃처럼. [154]

연꽃은 수면 밑 개흙이 꾸는 총천연색 꿈이다. 무미건조한 물질이 꾸는 꿈. 연꽃은 形과 色으로 구현된 기호일 뿐이다. 기호의 像, 시각化한 어떤 것 말이다. 연꽃은 본질이 아닌 허상이다. 저기에서 여기로 잠시 비친, 像, 홀로그램, 함박웃음. 본질은 다 그냥 검다. 본질은 검은 추상이다. [155]

각자는 깊지만 관계를 맺는 순간 얇아진다. 나나 너는 두껍지만, 우리는 얇다. 그게 우주다. 엮일수록 더 얇은 무늬가 되는 것. 망이 되는 것. 우주는 막이나 수면, 스크린에 새겨진 한 겹 무늬에 다름 아니다. 거울 같고, 가면 같다. 像 같다. [156]

사슴뿔은 머리 위 나무 같다. 머리 위의 뱀 말이다. 사슴의 초식성이 저렇게 몸에서 나무로 자라난다. 먹은 잎과 풀이 몸에서 끊임없이 나무로 化한다. 낯선, 땅 머리, 메두사. 하나의 形 위에 또 다른 形이 열린다. 가면 닮은, 美친, 이형 복제. [157]

사슴뿔은 느리게 타오르는 시간의 불이다. 그건 얼음처럼 단단한 타오름이고, 겨울의 불이다. 반면 무성한 나무는 빠르게 타오르는 땅의 불이다. 그건 바람처럼 유연한 타오름이고, 여름의 불이다. 마천루는? 그냥 돌 불이다. [158]

나무 위. 금강앵무는 色의 향연이다. 금강앵무의 몸엔 빨간 불도, 파란 하늘도, 노란 초원도 있다. 하여 다 비친다, 像. 저 작은 몸에 새겨진 色의 놀이, 色의 축제, 色의 우주. 금강앵무는 色의 비로자나불이다. … 풀 밑. 파란 다리에 빨간 발, 초록 등에 흰 배, 검은 동공에 붉은 홍채를 한 俗 개구리가 뿔 독을 뿜고 있다. 개골개골. … 이 세계란 뭘까? 새 등에 올라탄 개구리. [159]

금강앵무라는 色 덩이가 나뭇가지를 움켜쥐고 있다. 한 송이 꽃 같다. 갈색 포장지에 담긴 한 다발의 꽃 같다. 나무의 틈새를 비집고 한 무더기의 色이 논리정연하게 튀어나와 있다. 꽃, 접힘, 질서, 새. 이건 누구의 뜻일까? … 우주엔 色이 없다. 떨림만 있다. 波뿐. … 色은 이 세계가 幻임을 증명한다. [160]

방사형 연꽃이 예쁜 홍채의 눈 같다. 모든 형상엔 우주의 원리가, 논리가 반영돼 있다. 또한 타 형상과의 관계도 반영돼 있다. 밀고 당기는 힘의 관계. 형상은 온갖 밸런스의 결과다. 형상은 그 모든 것들의 절묘한 축적이다. 꽃은, 관계의 망, 快의 망, 視의 망이다. [161]

내가 보는 꽃과 꿀벌이 보는 꽃은 다르다. 같은 꽃이라도 종(種)이 다르면 다르게 본다. 현상은 그냥 표피일 뿐, 각각이 각각이다. 현상은 실제에 대한 종마다의 고유 해석이다. 각 현상은 한 겹의 얇은 논리 체계인 거다. 현상은 거울로 된 가면이다. [162]

연꽃 줄기는 뱀이고, 연꽃은 화려한 깃의 새다. 뱀 끝에 새가 있다. 뱀은 인내하는 통로요, 새는 만끽하는 분출이다. 뱀은 동짓날 밤처럼 길고, 새는 새벽녘 샛별처럼 짧다. 긴 뱀은 굽이굽이 길이 되고, 짧은 새는 원형의 절이 된다. … 뱀과 새의 얽힘, 그렇게 연꽃은 핀다. [163]

22. 形은 펄럭인다, 가짜다

形은 펄럭인다. 시간을 따라 펄럭인다. 깃발이다. 곧 사라질 빛-幻이다. 시간의 바람을 따라, 形은 변하고 변하다 결국 없어진다. 소멸한다. 하여 가짜다. 우린 가짜다. 우린 일시적 떨림일 뿐이다. 흩어질 논리일 뿐이다. 잠시의 존재. 形이란 불안이다. [164]

색색의 원앙이 호수를 헤엄치고 있다. 수면이 자잘한 물결로 부서지고 있다. 혼륜. 수면이 모호하다. 원앙은 명징한 形으로, 수면은 혼돈의 無形으로, 빛나고 있다. 원앙은 논리로, 부서진 수면은 무논리로, 어우러져 있다. 双! [165]

오리가 헤엄치고 있다. 오리라는 질서가 물이라는 혼돈과 접촉하고 있다. 언뜻 보면, 無形의 물에서 有形의 오리가 나온 듯하다. 觸에 의해, 저렇게 盲에서 눈이 나오는구나. 觸에 의해, 추상에서 구상이 나오는구나. 무심한 긴 觸이 더 긴 生 마법을 부리고 있다. 聖觸. 그게 생명 현상의 본질이다. [166]

무논리의 심연이 우리를 호시탐탐 집어 삼킨다. 그건 죽음이다. 땅. 땅이 바로 무논리의 거대 아가리다. 땅은 혼돈의 거친 觸이다. 반면 땅 표피의 여러 무늬는 가지런한 논리의 生이다. 살아 있음! 그건 꽃 같은 질서의 視다. 논리의 본질은 실존이요, 삶이다. 벗어남, 탈아가리 말이다. [167]

땅은 흙의 바다고, 우린 그 수면이다. 수면 위 꽃무늬다. 땅은 아주 느리게 움직이는 바다와 같다. 산은 큰 너울과 같다. 시간은 하늘에선 '여름으로' 빠르지만, 땅에선 '겨울로' 느리다. 하여 땅에 붙은 우린, 시간의 살얼음을 닮았다. 얇은, 시린, 有形. [168]

변화의 속도 때문에, 땅의 시간은 느리고, 생명체의 시간은 빠르다. 생명체란 잠깐의 솟음인데, 솟을수록 자꾸 부딪어 자꾸 정 맞아 자꾸 풍화돼, 시간은 빨라진다. 죽음은 땅에 가까워지는 것으로, 뭉개져, 形이 없어, 당연 시간이 느려진

다. 시간은 살아서 빠르고, 죽어서 느리다. [169]

고개 든 할미꽃이 고양이의 놀란 눈 같다. 홍채를 거의 잠식한 큰 동공의 눈. 그건 땅의 눈이다. 녹색 눈썹과 붉은 눈꺼풀, 노란 홍채와 검은 동공을 가진 꽃의 눈이 세상을 호호 응시하고 있다. 盲의 무덤가에 色色色 눈이 피었다. [170]

산이 호수에 비친다. 땅의 實과 수면의 虛가 데칼코마니를 이룬다. 수면의 막이 바람에 떨린다. 實은 견고한데 虛만 흩어진다. 두터운 形은 그대론데 얇은 形만 찢어진다. 불안정함. 떨림, 저 심한 떨림은 가짜 혹은 幻의 분명한 증거다. [171]

견고한 것 또한 사실은 떤다. 바위를 봐라, 온통 떨림만 있을 뿐, 저 色과 觸과 形은 다 가짜다. 저건 나와 너, 뱀과 새가 다 다르게 느끼는 주관적 감각일 뿐이다. 본질은 떨림만 있는 무의미다. 진짜 세계는 어떤 눈도 없는 盲이다. … 생명의 대략적 눈이 저 사물에 정교한 가짜 눈을 붙인다. 질서. 그런 착각 후에야 우린 안다. [172]

23. 사막에선 모든 形의 논리가 부서져 모래가 된다

바람 따라 모래 무늬를 그리는 사막. 잔잔한 노란 수면. 뱀이 헤엄치는 물결 같다. 사막은 모든 形이 잘게 부서져 고체의 바다를 이룬 곳이다. 기호 같은 잔해의, 바다. 그 수면에 복제되는 것은 無形의 바람뿐이다. … 사막도 막이다. 표피

에만 얇은 形이 있다. 그 추상의 막엔 바람의 모습만이 뱀 像처럼 맺힌다. 幻, 바람 가면. [173]

바닷가 사막. 오른쪽엔 노란 바다가, 왼쪽엔 푸른 바다가 있다. 돌의 바다와 물의 바다지만, 그 표면에 새겨진 건 오직 바람의 무늬로 하나다. 하나의 결. 봐라, 바람이 이루는 저 통짜의 산과 들을. 風山, 風野를. 세계란 바람의 닿음 즉 풍화의 결과물이다. [174]

오른손엔 질서를, 왼손엔 무질서를 쥐고 있다. 오른손엔 논리를, 왼손엔 혼돈을 쥐고 있다. 우주는 오른손엔 돌의 有形을, 왼손엔 물의 無形을 쥐고 있다. 하여 우주의 눈은 오른손에만 있고, 왼손은 盲이다. … 눈은 존재의 활성화요, 盲은 의미의 비활성화다. [175]

덩어리란 形의 깊이다. 두터움 말이다. 그런 덩어리가 다 표피化한 곳, 논리가 잘게 부서진 곳, 부서져 표면에만 논리가 있는 곳, 물결 모양의 논리만 존재하는 곳, 그게 사막이다. 사막은 形 없는 盲의 공간이다. 사막엔 존재도 뜻도 없다. [176]

두터움은 추상, 얇음은 구상. 표피化는 구상化! 두터움은 盲, 얇음은 눈. 두터움은 잠, 얇음은 꿈. 두터움은 一神, 얇음은 多神. [177]

사막에선 모든 形의 논리가 부서져 모래가 된다. 일부의 논리만이 모래 표면에 얇은 물결무늬로 남는다. 얇은 눈(目).

삼차원에서 이차원으로의 차원 축소, 솟은 논리에서 누운 논리로의 변환, 나는 새에서 기는 뱀이 되는 것, 숲에서 幻 바다로의 전환, 그게 사막이다. [178]

사막은 形이 부서진 곳이고, 망상은 形의 아귀가 안 맞는 것이다. 하여 사막에선 기억이 사라지고, 망상은 기억의 아귀가 안 맞는다. 사막은 無요, 망상은 꿈이다. 사막은 盲이요, 망상은 오색의 소용돌이가 치는 눈이다. … 아버지는? 망상이다. [179]

盲의 사막에 오아시스라는 눈이 돋는다. 눈 주위론 나무 形이 무성하다. 그 形은 상상 닮은 눈의 응시물이다. 오아시스라는 눈 안으로 하늘을 닮은 파란 나무가 혀처럼 비친다. 날름거린다. 풍경의 맛, 해갈. 그 나무에도 눈 같은 이파리가 또 가득하다. … 꼬리를 물고 이어지는 저 자기 닮음과 복제, 왜일까? [180]

24. 반사된 像은 모두 맑은 꽃이다

물결은 경계 즉 표피의 증거다. 물결무늬는 이해 가능한 논리의, 증거다. 논리는 표면에만 존재한다. 심해의 덩어리엔 논리도 시간도 없다. 세계에 널린 形들 또한 일종의 땅 물결로, 표피의 놀이라 할 만하다. 무늬의 논리 유희 말이다. 표피는 주름진 有요, 심해는 검은 無다. [181]

태초의 우주는 혼돈의 바다다. 그런 바다에서 질서로서의

形이 태어난다. 形은 시공간의 표피에 이는 잔잔한 물결과 같다. 우린 우주의 물결무늬인 거다. 막이고 경계인 거다. 하여 헛처럼 헛으로 헛같이 일렁인다. … 표피에 이는 물결은 말랑말랑한 혀다. 像으로 像을 말하는 혀! 미각의 視! [182]

바위산 아래, 나무가 무성한 들 아래, 푸른 호수. 호수는 풍경의 눈이다. 바위산은 흰 눈썹이다. 반짝! 수면에 비친 산무늬는 눈 뜸과도 같다. 快한 논리, 질서, 맑음. 수면의 안쪽은 뿌연 盲이다. 빛의 반사는 일종의 응시다. 저 조화로운 거인의 풍경이 혼돈의 나를 응시한다. 웃음. [183]

건조한 땅바닥에 누워 등을 부비는 얼룩말. 자욱한 먼지. 말의 물결무늬가 그대로 땅에 새겨져, 땅은 바다가 된다. 자욱한 먼지가 바다 안개 같다. 얼룩-물결무늬. 일렁인다. 아롱아롱. 사바나에 幻 바다가 펼쳐진다. 갈증의 바다, 가면 혹은 착시. … 저긴 幻, 여긴 날 잃은 나, 펼, 펄, 뻘. [184]

얼룩말이 모여 있다. 저 물결무늬, 뱀, 수면. 사바나에 흑백의 호수가 펼쳐진다. 공허한 얼룩말의 눈이 햇빛을 받아 물결처럼 반짝인다. 일렁인다. 호수의 하이라이트. 얼룩말은 몸과 눈 온 존재로 호수구나. 갈증의 사바나에 착시의 호수가 펼쳐진다. 가짜, 마야. [185]

폐수도 반짝인다. 그리고 形을 복제한다. 반사는 다 보석이다. 반사에는 스스로의 정화 능력이 있다. 하여 바탕이 아무리 더러워도, 반사된 像은 모두 맑은 꽃이더라. 웃는 부처더

라. [186]

반사는 뱀으로서의 논리가 새처럼 날아가는 것이다. 그건 복제이기도 하다. 논리라는 추상적 선과 像이라는 구상적 날개의 한 몸化. 하여 모든 복제에는 뱀과 새의 결합이 있다. 그건 나무처럼 이형동체(異形同體)의 形이다. [187]

개천에 비친 회색 전봇대. 수면의 전봇대가 자잘한 선으로 흩어져 일렁이고 있다. 작은 물뱀들이 헤엄치는 듯. 물에 비친 푸른 나무도 무수한 작은 뱀으로 흩어져 일렁이고 있다. 논리가 깨지는 저 풍경, 幻. 너나 나의 본질도 사실은 저렇게 흔들리는 幻인 건 아닐까? 얇은. 얇디얇은. [188]

세상의 본질은 떨림이다. 아원자 차원의 격한 떨림. 하여 편하게 웃고 있어도 근원 어딘가는 늘 흔들린다. 그 떨림이 거시의 形을 불안정하게 하고 붕괴시켜, 즉 실존을 흔들어, 소멸과 無에 이르게 한다. 波. 세상 形은 있는 듯 없고 또 있다. 우린 허깨비다. [189]

수면에 비친 영상엔 늘 겉만 있다. 표피만 있다. 속은 없다가 찢겨 밖으로 나와 표피가 되는 순간에만 그 존재를 드러낸다. 논리는 오직 겉의 문제다. 속엔 논리도 형체도 없다. 호수가 반짝인다. 有는 겉이요, 속은 無다. [190]

나무가 물에 비친다. 입체가 평면이 된다. 아니, 물그림자가 튀어나와 나무가 된 건 아닐까? 어느 쪽이 진짜지? 입체가 면으로 복제된 걸까? 면이 입체로 복제된 걸까? 그림자일

까? 홀로그램일까? 혼몽. 구분할 수 없는 하나가 여기에도 저기에도 마구 있다. [191]

하나는 여기 비치고 저기 비친다. 하나는 자꾸만 많아진다. 진짜와 여러 가짜들. 많아도 그 논리는 하나다. 많은 건 幻일뿐, 그 모두는 하나다. 복제란 단지 논리의 복제이므로. 하여 복제는 빈 공간을 하나로 가득 채우려 든다. 神으로 채우려 든다. 복제는 유한으로 무한을 지향한다. [192]

25. 시간은 온몸으로 기는 뱀이다, 다 닿는다

모든 것의 본질은 찰나다. 논리이기에. 또 논리는 관계의 정합성이기에. 찰나는 정지다. 그런 정지의 연속이 시간이다. 하여 세계는 매 순간의 정지로 이루어져 있다. 정지는 영원이고, 정지의 연속은 유한이다. 시간은 흐르는 것처럼 보이는 정지다. 만화 같다. 디지털이다. … 논리엔 시간이 없기에, 논리는 찰나면서 무한이다. [193]

빠른 시간은 영원을 찰나로 만들고, 느린 시간은 찰나를 영원으로 만든다. 찰나와 영원은 시간의 장난질이다. 그런 시간을 늘리고 줄이는 건 눈의 존재 여부다. 물질이 눈 감아 盲이 되면 영원이고, 눈 뜨면 찰나다. 눈 뜨면 뭐든 분주해지고 유한해지는데, 그러기에 우주는 유한이다. 저 별도 유한의 눈이다. … 블랙홀의 盲은 무한, 영원이다. [194]

무한은 유한의 일부다. 유한이 있어야 무한도 있다. 무한은

유한 속에서만 존재한다. 무한은 단지 상상이다. 관념이다. 가짜다. 하여 무한이 전면에 나타나면 뭐든 엉킨다. 불길하다. 가령, 영원 같은 거. 유한만이 홀로 있을 수 있다. [195]

시간엔 층이 있다. 호박 속 개미가 영원의 實이라면, 이슬에 비친 꽃은 순간의 虛다. 세상은 여러 시간의 층으로 구성돼 있다. 화석은 기저층을, 코끼리는 중간층을, 구름은 상층을 형성한다. 위로 갈수록 시간은 더 빨라지며 쉬 변하는데, 맨 위는 아마도 幻일 거다. 저 별도 幻일 거다. [196]

시간은 觸이다. 시간은 온몸으로 기는 뱀이다. 시간은 우주의 모든 것과 닿는다. 하여 시간은 모든 것을 느낀다. 시간은 온 손으로 닿는 神적 觀音을 닮았다. 천수관음! 시간은 눈 뜸 즉 反盲의 존재인 거다. 시간은 지혜다. [197]

26. 觸, 손을 주고받아야만 진짜 있는 거다

석양이 마천루에 비쳐 유리창이 불탄다. 뜨겁지 않은, 가짜 불, 幻. 유리 막에 비쳐진 환영이지만, 저 불은 너무도 진짜 같다. 나도, 어쩜 나도, 진짜 같은 나도 여기에 맺힌 빛의 환영, 가짜는 아닐까? 난 이치의 집합체일 뿐인 건 아닐까? 본다, 저편과 이편이 함께 묘하다. [198]

눈은 물방울 같다. 눈은 작은 호수다. 응시란 눈 호수의 수면에 이는 빛의 물결, 물그림자다. 막과 像의 유희. 하여 눈에 비친 것은 여기 없고 다른 데 있다. 비친 건 놀이다, 가짜

다. 응시는 실체가 아닌 먼 암시인 거다. 논리만의 '神' 놀이. [199]

해가 퐁당 빠진 눈이 빛난다. 눈은 호수다. 외부의 실체는 눈을 통해 들어와 우리 안의 관념으로 化하므로, 눈은 관념의 호수라 할 만하다. 色色의 홍채는 그 호수에 뜬 연꽃이다. 아름다운 관념의 像 말이다. 그건 정신이 쓴 해의 가면이다. [200]

풀에 매달린 이슬방울. 그 안에 또 세계가 있다. 흰, 둥근 응시. 둥근 우주. 이슬은 풀의 눈이다. 아침, 물질이 눈 뜬다. 盲의 풍경에 눈이, 神이, 신령스런 눈이 열린다. 이슬은 투명한 聖 틈새다. 이슬은 온통 트인 경계다. [201]

알록달록한 산이 호수에 비친다. 똑같다. 두 상을 뒤집어 본다. 똑같다. 幻. 세상은 빛의 놀이일까. 세상은 단지 우리 눈에 비친 가짜 영상인 걸까. 세상은 멀리 虛로만 존재하다, 직접 닿는 순간에만 實로 바뀌는 것 같다. 하여 닿을 수 없는 저 우주는 가짜다. [202]

논리는 虛다. 그 논리에 몸이 입혀지면 實이다. 虛는 視와 관계하여 먼 하늘이, 實은 觸과 관계하여 가까운 땅이 된다. 하여 논리는 하늘에 있고, 우리의 몸-形은 땅에 있다. 우린 닿고, 닿고, 닿는 觸이다. 반면 저 별은 닿을 수 없는 먼 논리일 뿐이다. 논리는 非觸이다. [203]

形의 일부가 깨져 속이 드러나야, 그래서 속이 겉이 돼야,

그때야 거울은 形의 속을 보여준다. 그 전까지 속은 없다. 거울은 形의 복제인데, 오직 겉만을 복제한다. 거울은 영혼 없는 자동 복제기인 거다. 오직 논리만 비추는, 幻 말이다. 이 우주도 거울처럼 겉만의 논리 체계다. 영.혼.없.다. [204]

안개가 피어오르는 연못에 백로 한 마리. 밝은 하양. 본다. 저 풍경은, 없다. 닿아야만 있다. 그전까진 없다. 저건 그냥 빛이다. 幻이다. 손 같은 實을 주고받아야만 진짜 있는 거다. 지지고 볶는 손, 이 손 말이다. 觸, 觸, 觸. [205]

거울도, 수면도, 스크린도 복제다. 얇은 막에 새겨진 한 겹 복제, 차원이 하나 축소된 복제 말이다. 그런 축소는 원근법 이라는 왜곡을 낳는다. 착시. 원근법엔 누운 솟대가 박혀 있 는 듯하다. 근데 왜 복제할까? 복제는 무얼까? 놀이? 논리 의 구현? 복제는 실체와는 무관한 논리만의 터다. 복제는 논리의 증거이기도 하다. 논리가 없다면 복제도 불가능하 다. [206]

視는 일렁이는 유체의 영역이고, 觸은 견고한 고체의 영역 이다. 유체가 비친 像 즉 가짜를 저기에 만들어 낸다면, 고 체는 여기에 진짜 形을 이루어 낸다. 몸이 있는 땅은 감각의 고체로, 관념이 있는 하늘은 이치의 유체로, 각각 존재한다. 저 우주도 유체다. [207]

27. 이슬에 비친 파란 달개비꽃을 본다

觸은 손, 視는 눈. 觸은 압(壓), 視는 빛. 觸은 실체, 視는 幻. 觸은 實, 視는 虛. 觸은 진짜, 視는 가짜. … 하여 여긴 있고, 저긴 없다. 모든 건 손닿는 곳까지만 있다. [208]

손에 닿는 形은 實形이고, 눈에 닿는 形은 虛形이다. 實形이든 虛形이든 그건 다 논리다. 손과 눈의 차이만 있을 뿐, 구분 없는 논리다. 하여 저 붉은 꽃은 사실은 기호뿐인, 잠시의 幻이다. 논리 정연한 이치의 체계. 그건 오직 지혜만을 자극한다. [209]

세계! 視는 뒤의 배경으로만 있다가, 觸의 순간 전면에 튀어나온다. 視는 가능성만으로 있고, 觸은 실재한다. 하여 모든 실질 관계는 觸에 기반한다. 잔잔한 거울이 虛한 視라면, 요동치는 수면은 實한 觸이다. 觸은 거친 악어와 같다. … 저기 하늘은 이성적 거울이고, 여기 땅은 감정적 수면이다. [210]

觸은 이 땅에 제한되어 있다. 지구는 觸의 공이다. 우주의 대부분은 닿을 수 없는 먼 視다. 우주는 그냥 빛의 놀이일 뿐이다. 우리의 몸과는 상관없는 정신의 유희 혹은 논리의 자족 말이다. 가짜, 幻, 새 닮은 빛. 저 우주는 지혜로만 가득 차 있다. [211]

이슬에 비친 파란 달개비꽃을 본다. 논리가 없으면 복제도 없다. 쉬운 복제는, 形에 논리가 있다는 명백한 증거다. 거

울을 봐라. 입사각과 반사각의 저 정연한 뒤범벅. 거울이야
말로 形 논리의 화신이다. 이슬 역시 논리다. 논리는 觸보단
視의 영역이다. … 觸은 너무도 가까워 격한 감정이 종종 논
리를 가린다. 觸은 동적인 주관이고, 視는 정적 객관이다.
[212]

거울을 본다. 입사선과 반사선은 뱀이고, 그 선이 모여 이루
는 환영을 닮은 像은 새다. 뱀이 모여 새가 된다. 반사돼 비
친 것 즉 像에는, 수학적 뱀과 물리적 새의 결합이 있다. 우
리도 아마 그런 像의 일종일 게다. 우린 실체 아닌 환상이
다. [213]

觸은 뱀이고, 視는 새다. 觸은 박박 기고, 視는 훨훨 난다.
觸은 좁고 느리고 견고한 반면, 視는 넓고 빠르고 虛하다.
… 지구가 온통 닿음의 뱀이라면, 우주는 응시의 새다. 觸의
뱀은 여기에 實像으로 나타나고, 視의 새는 저기 虛像으로
나타난다. 하여 저긴 닿기 전까진 오직 이치다. [214]

거울은 고요한 복제요, 수면은 바람 부는 복제다. 수면에 비
친 形엔 늘 떨림이 있다. 불안정. 하여 수면의 形은 파괴와
보존의 딱 경계에 있다. 우리처럼. 神이 평안한 거울의 존재
라면, 우린 위태로운 수면의 존재다. 그 위태로움은 쉽게 눈
으로 化한다. … 평안과 고요는 盲이다. 神도 盲이다. [215]

28. 저곳, 별, 볼 순 있지만 닿을 수 없다

形은 적당히 접히면 빛이 되지만, 극한으로 접히면 어둠이 된다. 전자가 별이라면, 후자는 블랙홀이다. 形은 色과 윤곽을 뽐내며 착착 접혀가다 절정의 순간 타올라 빛이 된다. 확. 그리곤 검어진다. 모든 形은 생성 직후부터 긴 소멸의 과정 중에 있다. 존재의 본질은 산 죽음이다. [216]

구마라습 왈 '내 혀는 타지 않을 것이다' 그는 말하는 자, 교사다. 시인 왈 '不盲(不亡目), 내 눈은 망하지 않을 것이다' 그는 응시하는 자, 사색인이다. 교사는 혀의 觸으로 말하고, 시인은 눈의 視로 사유한다. 觸은 함께요, 視는 홀로다. 시인은 닿을 수 없다. [217]

빙하는 얼음의 강이 아니라 시간의 강이다. 빙하에 얼어붙어 있는 것은 시퍼런 시간이다. 빙하의 시간은 속세의 시간과 달라 느리게 흐른다. 느리기에 더 닿고 쉬 늙는다. 빙하는 노인이다. 반면 꽃에 맺힌 이슬의 시간은 빠르다. 빨라서 쉬 사라진다. 빨라서 덜 닿고 더 젊다. 빙하가 노인이라면, 이슬은 아이다. 빙하가 觸이라면, 이슬은 視다. [218]

블랙홀은 닿을 수 없는, 視다. 블랙홀은 오직 논리일 뿐이다. 저 위에서 아가리를 벌리며, 블랙홀은 자기 논리로 오래 축적된 타 논리들을 해체한다. 접힌 걸 편다. 블랙홀은 접힌 걸 펴는 反틈새다. 삼킨다. 다 삼킨다. 블랙홀은 닿을 수 없는, 虛다, 입이다. 블랙홀은 모든 것에 대한 리셋 버튼이다. 한 놀이의 종말. 축제의 끝. [219]

저곳, 별, 볼 순 있지만 닿을 수 없다. 저건 실재할까? 헛일까? 觸은 머리 밑 생활의 영역이고, 視는 머리 위 꿈의 영역이다. 우린 분주히 觸을 살며, 느리게 視를 통찰한다. … 視와 觸은 다 눈이요, 관계있음과 관계있다. 盲은, 통 관계없음이다. [220]

盲과 視. 觸은 盲이 아니다. 觸은 손으로 근방만을 보는 것이다. 觸은 손의 눈 뜸이다. 하여 觸은 가까이에 實의 像을 만들고, 視는 멀리 虛의 像을 만든다. 實像이든 虛像이든 모든 像은 다 눈의 결과다. 無像은 盲이고. [221]

명징한 形과 象의 대척점에 모호한 恍(황)과 惚(홀)이 있다. 形象을 본다는 건 그 윤곽의 뚜렷함을 보는 것이다. 恍惚은 경계가 없기에 뿌옇다. 그 뿌연 恍惚 속에만 神은 있다. 神은 명징함의 반대인 거다. 神은 온갖 모호함의 응축이다. 혼돈, 하여 믿는다. [222]

29. 푸른 바다에 붉은 의자를 놓고 앉아 생각에 잠긴다

이슬처럼 굽은 공간에 맺힌 像. 그게 우리다. 우린 텅 빔 속을 무의미하게 질주하는 갇힌 빛이다. 물질은 파(波)의 중첩이 만드는 대착각일 뿐이다. 幻觸, 닿고 닿는다는 환상, 견고하다는 마야, 헛, 뭐 그런 것 말이다. [223]

호숫가. 햇빛에 반짝이는 수면이 개구리들이 튀어나오는 것 같다. 반짝반짝, 개굴개굴, 반짝반짝. 빛과 소리가 뒤섞여,

눈이 들리는 저 풍경은, 진짜일까? 가짜일까? 멍. 여기. 멍. 지금. 난 실체일까? 헛일까? 恍황~惚홀~ … 난 니가 걱정이구나. [224]

너를 듣는다. 연속적인 것도 그 근원을 따지고 들면 결국 비약이다. 근원엔 다 벼랑이 있다. 절벽 닮은 징검다리. 설명할 수 없고, 이해할 수도 없는, 심연 말이다. 허방, 헛방. 너를 듣는다. 잘 모르겠다. … 웃으며, 난, 거울처럼 니 像을 반사할 뿐. [225]

전화가 온다면 그냥 끊어라. 그건 실체 없는 빛이다. 波다. 그건 가까운 觸이 아닌, 먼 幻이다. 전화를 받는다면 또 믿는다면, 더불어 가짜가 된다. 虛像이 된다. 그러니 눈 감은 채 가만히 끊어라. 끊어, 실존하라. 난, 니가, 걱정이야. [226]

나는 것도, 기는 것도, 보는 것도 다 유머다. 그냥 해프닝이다. 근데 높이를 무서워하는 새, 닿음을 두려워하는 뱀, 응시를 겁내는 시인 등, 이런 유머는 바로 도태된다. 비논리에 자연은 가차 없다. 깔깔. [227]

푸른 바다 위에 붉은 의자를 세워 놓고 앉아 생각에 잠긴다. 검은, 관념의 나. … 그런 주관을 떠받드는 건 인간뿐이다. 자연은 주관을 가차 없이 박살 낸다. 자연에겐 오직 객관뿐이다. 객관은 기계적인 맹목적 논리다. … 객관이든 주관이든 다 눈이다. 물론 주관이 더 꽃다운 눈이다. 주관은 詩 닮은 詩 같은 가짜 눈이다. [228]

웃으면 눈가의 주름은 새의 깃이 되어 훨훨 날고, 울면 눈가의 주름은 뱀이 되어 뚝뚝 떨어진다. 감정은 변덕이 심한 주관의 영역이다. 그 주관에 따라, 눈은 새도 되고 뱀도 된다. 느티나무도 된다. 우리의 주관이 形을 맘껏 바꾼다. 하여 어떤 건 없어도 있고, 있어도 없다. [229]

무성한 풀밭에 붉은 양귀비 한 줄기. 形. 그건 허리 굽혀 김매기 하는 바쁜 눈으로 보면 없지만, 한가한 눈으로 보면 있다. 그건 지나치며 대충 보면 있지만, 바삐 일하며 작게 보면 없다. 크게만 또 대강으로만 존재하는 그것, 그건 창발이다. 삶이란 양귀비꽃과도 같다. … 창발도 주관이다. [230]

솟은 마천루는 숲이고, 무모(無毛)의 도로는 사막이며, 마천루 유리창은 호수다. 꿈, 도시의 幻. 도로는 길게 누운 뱀이고, 그건 누운 비(雨)다. 하여 詩란 주관이라는 가짜 눈을 여기저기 붙이는 일이다. 詩는, 검은 균열에서 들리는 눈부신 흰 소리와 같다, 視. [231]

萌(맹). 움. 땅에 떨어진 해와 달. 그 위로 싹이 트고 풀이 무성해진다. 땅에 푸른 이빨의 幻이 돋는다. 그 환상의 바탕은 땅에 떨어진 밝은 빛이다. 환상의 근원은 다 추락한 빛인 거다. 볼 수만 있고 닿을 순 없는, 저 가짜들. [232]

聾(농), 귀에 도사린 용, 귀먹다. 啞(아), 버금갈 뿐인 입, 벙어리. 盲(맹), 망한 눈, 장님. 聾-啞-盲, 감각의 멸망. 그들에게 세상은 무얼까? 덩어리? 실체? 진짜? 헛! 마야! 우리에게 현실은 色과 形의 환영, 환상일 뿐이다. 聾-啞-盲,

감각을 벗어난다. 그들은 진실에 가깝다. [233]

물고기의 비늘은 새의 깃도 된다. 그 순간 물고기는 새가 된다. 뱀의 비늘도 종종 새의 깃이 되는데, 그 순간 뱀은 용이 된다. 변한다. 形은 변한다. 시간을 따라 변한다. 마술처럼 변한다. 주관처럼 변한다. 변하기에, 세계는 有인 거다. 밝음인 거다. 눈인 거다. 멈추면, 그냥 無다. 黑, 盲. [234]

변한다. 모든 건 변한다. 하여 매 순간 사라진다. 비늘에 반짝이는 빛처럼, 수면에 일렁이는 빛처럼, 사라진다. 견고하지 않다. 모든 건 幻일 뿐이다. 깃발일 뿐이다. 침묵. 그러니 닿지 마라. 닿지 말고, 보기만 해라. 보고, 보라. 오직 보라. 주관으로 보라. 침묵. [235]

森木
森森

아라베스크 시론

1. 이미지는 은유다. 은유는 현실에 대한 상징이다. 현실을 상징화하면, 개념처럼 응축되고 수(數)처럼 단순해져, 엮고 쌓기 쉬워진다. 바둑돌처럼 다루기 쉬워진다. 하여 한 수 한 수 논리로 전개시키는 게 가능해진다.

2. 바둑은 0과 1의 双, 디지털이다. 주역의 음양 또한 디지털이다. 새-뱀, 虛-實 같은 대칭의 双도 연속적인 현실을 단속적으로 디지털化한 것이다. 연속은 무한이라 다루기 어렵다. 그걸 디지털化하여 유한으로 만들어야 다루기 쉬워진다. 거기에 이미지 시가 있다.

3. 이미지 시는 새-뱀-꽃-나무 등의 이미지가 엮인 이미지 망이다. 그건 사유의 망이며 통찰의 망이다. 그 망은 세상을 잡아내는 예민한 촉수와 같아, 눈 없이 觸만으로도 현실을 척 잡아낸다. 눈은 강력하지만 혹하기도 쉽다. 하여 깊이를 잡아내는 덴 盲이 더 낫다. 이미지 시는 盲의 표현이다.

4. '겨울나무는 뱀이다'에서, 뱀은 실제 살아 있는 객관적 대상이 아니라, 내 마음 속 주관적 대상이다. 그 뱀은 암시적으로 관념化한 은유의 공간이고, 뜻으로 범벅이 된 虛의 공간인데, 그게 바로 이미지다. 이미지란 주관에 바탕을 둔 관념의 像, 心像이다.

5. 주관을 여러 관계로 제한하면 객관이 된다. 주관의 망은 객관이다. 은유의 망은 실체인 거다. … 주관은 유심론적이다. 그건 오직 마음의 문제라, 뱀조차 쉽게 새가 된다. 또 나무는 닭이 되고, 꽃은 눈이 된다. 그런 虛한 주관들이 망으로 복잡하게 얽히면, 서로 제한돼 객관의 實로 묶

이고, 하나의 像으로 떠오르는데, 그걸 창발이라 한다.

6. 타 이미지와 엮일 때마다 항아리 같은 이미지엔 마술적 기운이 쌓인다. 그 기운은 복잡한 이미지 관계망 속에서 각 이미지에 차곡차곡 뜻으로 쌓이다, 어느 순간 전체의 유레카로 분출한다. 발현한다. 像! 像! 그건 폭죽을 닮은 통찰의 꽃이다. 논리의 절정이다. 응시다. 나다. 앎.

7. 이미지를 사통팔달 네트워크로 엮은 게 그물망 시다. 그건 은유의 복잡계로, 뇌처럼, 되먹임이라는 단순한 선(線)의 작용을 통해 形과 像이라는 입체적 창발을 낳는다. 봐라, 뇌에선 온갖 사유가 나오지만, 정작 뇌엔 어떤 形도 없다. 은유의 망도 그렇다. 창발은 無形으로 有形을 만드는 신기다.

8. 망은 촉수와 같다. 망 표현을 하면 창작 과정에서 생기는 순간순간의 발상 즉 낯섦을 작품에 즉각 반영할 수 있다. 일단 망에 얹혀 놓으면, 낯섦은 망 내부의 맥락(觸)에 의해 조약돌처럼 이리저리 치이다, 시 유기체의 일부로 化한다. 낯섦은 공간이다. 하여 포획된 낯섦은 시의 깊이가 된다.

9. 아라베스크 시 = 이미지 시 + 망 표현. 이는 시를 이미지의 복잡계로 보고, 이미지 사이사이를 무수한 관계의 선으로 엮는 표현법이다. 엮다 보면 이미지의 망엔 스스로 그러한 논리의 '自然'이 만들어진다. 망 표현은 시 아닌 다른 장르에도 두루 적용할 수 있는데 가령 소설은 캐릭터의 복잡계, 철학은 개념의 복잡계, 수학은 수의 복잡계다.

10. 이미지는 내 관념의 분신이며, 나에 대한 언어적 모델링이다. … 이미지는 은유고 상징이다. 또 기호다. 이미지를 수에 비유한다면 '객관적' 수보다는 '주관적' 수 쪽이

다. '주관적' 수는 수학과 달리 내부에 유격이 있어 얼핏 모순돼 보이는 관계도 잘 수용할 수 있다. 그건 기계가 아닌 유기체의 특성이다. … 모든 수에는 찰기가 있어 절로 뭉치는데, 그걸 논리라 한다.

11. 시집의 형성 과정. 시집은, 단세포 같은 한 문장에서 시작해, 분열해 多 문장이 되고, 분열해 多 단락이 되며, 또 분열해 망 구조가 된다. 그 망에 긴 되먹임을 주면, 시 전체에 창발이 일어나 자아가 눈 뜨고 뜻도 서는데, 그게 시집의 완성이다. 이를 세포 분열식 표현법이라 한다.

12. 되먹임에 의해, 망 내부엔 덩어리로서의 군(群)들이 만들어진다. 군은 무수한 되먹임에 의해 만들어지는 끈적끈적한 관념의 덩어리다. 그건 망의 자기 조직化에 의해 형성된 논리의 구조물이다. 군은 사방으로 뻗은 관계의 줄기로 된 세포 즉 '生' 집합체다.

13. 군(群)은 관계의 얽힘 속에서 절로 만들어진다. 그건 논리의 응집, 응어리 또는 '앙심'이다. 군은 관념의 종(種)이다. 군은 소설의 캐릭터나 철학의 개념, 수학의 정리를 닮았다. 군은 어떤 의식, 자아의 출현과도 비슷하다. 군은 혼란한 盲 속의 번쩍 눈 뜸인 거다.

14. 군(群)이 생기면 복잡한 망 구조는 몇 개의 영역으로 단순해진다. 군은 자연을 닮은 혼잡한 망 속의 사자요, 누(gnu)요, 악어, 코끼리다. 자기 응집체 말이다. 하여 군을 종(種)으로 한 관념의 생태계가 망에 만들어진다. 봐라, 쫓고 쫓기고 울고 웃는 저 가면의 풍경을.

15. 망 표현은 부분 간 끝없는 되먹임이 핵심이다. 되먹임은 형상化 작업의 근간이다. 되먹임은 일견 무의미해 보여

도 좋다. 또 질보단 양이 우선이다. 되먹임이 반복돼, 시의 관계도(찰기의 정도)가 올라가면, 상변화가 생겨, 시엔 계획하지 않은 유의미한 풍경이 출현하는데, 그게 시의 자아다. 我는 像이다.

16. 되먹임을 오래 주면 시는 논리로 끈적끈적해지다, 걸쭉한 임계 상태가 되는데, 그건 막 같은 경계다. 그 경계는 없지만 있는 징후로 존재하며, 알아채기 힘들다. 막이란 벼랑 앞 공간의 단절, 낯섦, 깊이, 뭐 그런 것들의 합이다. 언캐니(uncanny). 그 막을 지나면 혼돈 끝, 창발 시작이다.

17. 무늬나 패턴 그리고 방정식은 시인의 몫이고, 영감과 통찰은 독자의 몫이다. 그 사이에 임계 상태가 있다. 임계 상태는 시인의 영역에서 독자의 영역으로 넘어가는 딱 경계다. 그 경계를 넘어서면 시인은 이제 멈춰야 한다. 창작을 멈추고 오직 응시해야만 한다.

18. 임계 상태를 모르면 100℃에 이르기 전에 가열하기를 멈출 것이고, 또 100℃에 이른 후에도 계속 가열할 것이다. 그건 낭비다. 물의 온도는 100℃에서 더는 올라가지 않는다. 100℃에서 첫 번째 상변화 후 되먹임을 멈추는 것, 그 창발의 시기를 아는 것, 그게 시인의 내공이다.

19. 시인이 창발 여부를 알 수 있을까? 모를 거다. 시인이 알 수 있는 창발은 사통팔달에의 '느낌'뿐이다. 사통팔달이란 '모든 건 하나가 되고, 하나는 모든 게 되는 것'에 대한 화한 감각이다. 화엄에의 느낌! 通의 기운! 창발은 푸른 通이다.

20. 모든 通이 창발(자아)이 되는 건 아니다. 얕은 通엔 창

발이 없다. 通에 어느 정도 깊이가 더해져야만 창발이 생긴다. 최소한 복잡계를 이룰 정도의 깊이가 通에 필요하다. 그건 투명한 通이 아닌 불투명한 通으로, 그래야만 망에 웅숭깊은 神性이 고여 든다.

21. 관측과 이미지. 이미지 전개는 현실에 대한 관측을 통해 끝없이 되먹임 되어야 한다. 그렇지 않으면 관념化한 이미지는 현실과 멀어져 난센스가 되고 만다. 끈 떨어진 연 말이다. 관측은 땅에 바탕한 절절한 현실 즉 뿌리다. 시에서의 '관측과 이미지'는 물리학에서의 '관측과 수학'에 대응한다.

22. 관측은 고정된 것이고, 이미지는 가변의 것이다. 예술이나 학문은 가변의 놀이다. 그건 허공을 뛰노는 유희와 같다. 이미지가 관념의 하늘이라면, 관측은 현실을 기반으로 이미지를 지탱하는 견고한 땅이다. 관측은 觸의 뱀이고, 이미지는 視의 새다. 시는, 난다.

23. 시 자아란 번잡한 망에서 되먹임 후, 임계 상태 후, 창발과 동시에 출현하는 규칙적 무늬다. 깃발이다. 그건 전체로만 존재하는 관념적 像으로, 快다. 通이다. 앎이다. 시 자아는 표현에서의 해탈 혹은 부처 출현이라 할만하다. 시의 궁극!

24. 망 표현에선, 문장 간 되먹임이 잦고 계가 복잡할수록 시 의식도 또렷해진다. 하여 자아 탄생에 좀 더 가까워진다. 반면 되먹임이 드물고 계가 단순할수록 시 의식도 흐려진다. 시 자아는 신경계처럼 이미지 관계의 농도에 비례한다. 즉 我가 서리면 진하고 걸쭉하고 불투명해야 한다.

25. 자아는 몸에 대한 은유다. 병든 관념!? 자아는 신경망의

왜곡이다. … 자아는 像이다. 자아는 내 관념 전체가 둥글게 휘어 뭉친 왜곡된 은유의 像이다. 공(球)이다. 空이다. 나다. 자아는 부분에는 없고 전체에만 있는, 神性이다. 시의 자아도 딱 그렇다.

26. 벽에 그려진, 그림과 얼룩. 전자는 명시적-구상적이고, 후자는 암시적-추상적이다. 전자는 현재(顯在)의 形이고, 후자는 잠재(潛在)의 無形이다. 망 표현은 윤곽 베이스가 아니라 농도 베이스다. 망 표현은 진함과 흐림의 농도만으로 그려진 암시적 벽화를 닮았다. 하여 설명 불가다. 언어지만 비언어다. 그건 용광로 속 쇳물과 같아 無形 속에 모든 形이 잠재돼 있다.

27. 진경산수와 관념 산수가 있듯, 진경 시와 관념시가 있다. 리얼리즘 시와 서정시는 진경 시 쪽이고, 이미지 시는 관념시 쪽이다. 이미지 시는 현실을 있는 그대로가 아니라, 오래 삭힌 후 머릿속에서 이치로 재구성해 낸 시다. 미적 왜곡! 비틂! 이미지 시에서 현실은 객관적 대상이 아닌 주관적 현상이다. '깃털 달린 뱀'처럼.

28. 되먹임은 관계를 가열해 시의 온도를 높인다. 되먹임을 주면 혼란한 시는 임계 상태에 이르고, 상변화해 논리정연한 자아를 낳는데, 그걸 창발이라 한다. 아무리 단조로운 되먹임이라도 되먹일수록 관계의 온도는 올라가, 시를 '뜻' 생명으로 부화시킨다. … 되먹임은 누운 선을 세워 입체의 形으로, 높이, 뜻化한다. 뜻은 솟대다.

29. 망은 중심이 없고 체계가 없는 리좀(rhizome)과 같다. 그건 온통 닿고 닿는 닿음의 촉수다. 망은 눈 뜬 새보단 盲의 뱀에 가깝다. 하여 망은 어둠으로 빛을 잡아낸다. 선의 무지로 입방의 지혜를 잡아낸다. 망은 뇌다.

30. 임계 상태란 극도로 예민한 시의 상태다. 모래알 하나로 모래 더미 전체가 무너지는, 하나의 전체가 또 다른 전체로 形 변화하는, 그런 상태 말이다. 징후! 그건 상변화 직전의 경계 상황으로, 우주적 마법의 순간과도 같다. 온통 하나 되는, 주관적인, 物我一體의, 뭐 그런 것들. 시인의 내공은 그걸 포착할 수 있느냐에 달렸다.

31. 낯섦은 공간의 확장이고, 익숙함은 공간의 장식이다. 되먹임은 익숙한 하나의 공간을 낯선 타 공간과 엮는 것이므로, 익숙함이면서 낯섦이다. 되먹임은 사유를 낯섦으로 덧칠하는 작업이다. 관계를 관계로 또 공간을 공간으로 덧칠하는 것, 되먹임은 수채화가 아닌 유화 작업이다.

32. 되먹임은 직선처럼 단순하고 일관성이 있어야 한다. 탁. 탁. 그래야 표현의 온도가 쭉쭉 올라간다. 되먹임이 복잡하고 중구난방이면, 상충 등의 비효율이 생겨 창발이 더디 일어난다. 되먹임은 음악처럼 반복변주를 바탕으로 하는 게 좋다. 반복변주의 일관된 또 규칙적 리듬이 창발을 더 효율적으로 일으킨다. 되먹임은 비트다.

33. 부분 구조물의 예. … 이파리는 새고, 가지는 뱀이기에, 나무엔 새와 뱀이 있다. 도로는 공간의 균열이고, 그 균열은 뱀을 닮았기에, 도시의 바닥엔 뱀이 새겨져 있다. 그 뱀은 가지를 닮았고, 도로 주변의 여러 건물은 이파리를 닮아, 도시는 위에서 보면 하나의 거대한 나무다. … 새와 뱀의 이미지를 나무, 균열, 도로 등의 이미지와 엮어 하나의 논리 小망으로 만들면, 그건 이미지 생태계가 돼 서로 관계하며 서로 커 간다. 그리고 현실의 숨은 뜻을 춤추는 靑 가면으로 잡아낸다. … 이미지 시는 걸

이 이미지여도 속은 철저한 현실이다. 묘한 현실은 더 묘한 은유 뒤에 숨어, 웃는다.

34. 이미지는 나로부터 나왔지만 나를 벗어나 있다. 이미지가 어느 정도 엮이면, 그때부턴 시인의 의지를 벗어나 스스로의 의지를 가진 듯 보인다. 하여 이미지는 시인의 통제를 벗어나 자기만의 논리를 이루며 자기 논리대로 전개된다. 멋대로! 이미지는 독립된 자의식을 갖은 듯하다. 그건 거울 밖으로 걸어 나온 거울 속의 나와도 같다.

35. '아프다'고 표현하면 주변에서 알아서 과대 해석 해주는 상황, 그건 시가 아니다. '아프다'에 실제로 깊은 존재론적 비애가 들어 있다면, 표현된 문장에 그런 부분이 충분히 형상化되어야 한다. 과잉 해석은 시를 죽인다. 시인을 죽인다. 시는 해석보다 형상化가 우선이어야 한다. … 현대 미술은 해석 과잉이라 작가가 과소하다.

36. 기승전결 표현이 형태 베이스라면, 망 표현은 무형 베이스다. 형태 베이스는 바구니에 담긴 망치-낫-삽과 같고, 무형 베이스는 용광로에 담긴 쇳물과 같다. 망 표현은 명시적 形을 지양하고, 암시적 形을 지향한다. 하여 기승전결 표현은 요약이 가능하지만, 망 표현은 요약 불가다.

37. 도시는 고층 카페에서 보는 뷰(view)와 도로에서 보는 뷰, 공원에서 나무 사이로 보는 뷰 등 수많은 주관적 뷰들의 총합이다. 반면 높은 산 정상에서 보는 도시의 뷰는 거의 하나인데 그건 객관이다. 전자는 망 표현을 닮았고, 후자는 기승전결 표현을 닮았다.

38. 기승전결 표현은 관점이 하나고, 망 표현은 관점이 많다. 기승전결 표현은 주인공이 하나고, 망 표현은 주인

공이 많다. 망 표현은 가면을 쓴 수많은 주관들의 총합이고, 기승전결 표현은 맨얼굴의 객관 딱 하나뿐이다.

39. '시간'을 형상化할 때, 기승전결 표현을 하면 추후 시간에 대한 정돈된 설명을 할 수 있지만, 망 표현을 하면 나중에라도 시간에 대한 모호한 설명만 할 수 있을 뿐이다. 대신 시간에 대한 흐릿한 통찰이 진한 통찰로, 그 농도가 변해 있을 것이다. 농도, 그건 잠재된 무의식의 세계와 같아, 애매함으로 모든 걸 담아낸다. … 의식과 명료함은 얇다. 얕다. 표피다. 내공과 깊이는 무의식에 있다.

40. 서정적인 부분, 감정적인 부분은 노래(가요)로 주도권이 넘어 갔다. 서정시는 그 영역에서 지배력을 잃었다. 노래의 애달픔은 강력하다. 흡인력도 세다. 서정시는 오랜 관습에 빠졌다. 백 년의 굳은살이 곳곳에 있다. 시는 말랑한 새 영역을 필요로 한다. 탈-서정의 공간, 거기에 이미지 시가 있다.

41. 기승전결 표현은 그 일부가 제거되면, 전체 표현이 망가진다. 정교한 기계와 같다. 하지만 망 표현은 그 일부를 제거해도, 전체의 온도만 약간 떨어질 뿐, 망 전체가 이상해지지는 않는다. 관계의 찰기 즉 해상도만 조금 떨어질 뿐이다. 망 표현은 '虛-實-虛-實' 유기체다.

42. 망 표현은 뇌처럼 무형이다. 오직 관계의 선만 있을 뿐이다. 뱀만 있을 뿐이다. 논리만 있을 뿐이다. 하여 독자가 영감을 통해 자기 머릿속에서 어떤 관념의 形을 스스로 구성해 가야 한다. 뜻을 만들어 가야 한다. 새를 띄워야 한다. 그게 창발이다. 작가가 자신의 形을 독자에게 강제로 주입해선 안 된다.

43. 입체를 평면으로 옮기면 원근법이라는 왜곡이 생기듯, 머릿속의 것을 글로 옮겨도 왜곡이 생긴다. 그 왜곡은 일관되고 규칙적이어서 글에 어떤 미적 무늬와 패턴을 새긴다. 내 사유를 시로 옮길 때, 내 의지완 무관한 왜곡된 무늬와 패턴이 시에 기하 구조로 생겨나는데, 그게 시의 자의식이다. 시의 자의식은 스스로 活性化되지 못한 채, 독자의 공감을 받기 전까진 비활성화 상태로 남는다.

44. 독자는 시의 '무늬와 패턴'으로부터 '통찰과 영감'을 얻는다. 전자가 홀로그램 간섭무늬라면, 후자는 그 무늬에서 튀어나온 홀로그램 像이다. 평면의 간섭무늬에 레이저를 쏘면 입체의 像이 나타나듯, 시의 '무늬와 패턴'에 독자가 이해의 빛을 쏴 '통찰과 영감'의 像을 얻었다면, 그건 내 자아가 독자에게 잘 전달됐다는 의미다.

45. 나의 생각이 너의 생각으로 직접 전달될 수는 없다. 예술(글, 음악, 그림)이라는 중간 매개체가 필요하다. 그건 두 주체 사이에 낀 객체로, 일종의 觸이다. 예술은 무늬요 패턴이요 방정식이다. 기호다. '나→예술→너'라는 전달 과정에서 강박적 왜곡과 손실은 불가피한데, 美는 그 철저한 왜곡에서만 나온다.

46. 무늬와 영감. 전자는 은유고, 후자는 통찰이다. 전자는 방정식이고, 후자는 자아다. 전자는 무생물이고, 후자는 영적 생명이다. 전자는 평면의 추상적 선(線)이고, 후자는 구상적 입체의 像이다. 둘은 같다. 똑같다. 같은 것이 작가의 영역에선 무늬가 되고, 독자의 영역에선 영감이 되는 거다.

47. 이미지 관계의 도식화란 대구 표현, 비교 표현, 습관化

한 이미지 관계 등을 의미한다. 그건 표현의 메커니즘化요 도로化다. 도식化된 이미지 전개는 일종의 고속 논리와 같아, 수학처럼, 이미지에 기댄 사유의 전개와 통찰에 유용하다. 그건 사유의 지렛대여서, 뻔함으로 낯섦을 들어올린다.

48. 주역의 음효(陰爻)와 양효(陽爻)처럼 이원론化한 표현, 그 대칭된 双으로 전체의 구조를 만들어가는 표현, 그게 아라베스크 시다. 그건 0과 1로 구축된 디지털 세계와 같아, 단순하고 효율적이다. 현실이 연속의 아날로그라면, 시는 단속의 디지털이다. 아라베스크 시는 유한으로 무한을 잡는다.

49. 기하학적 美의 시. 대칭과 대구와 반복으로 이루어진 시. 아라베스크-기하! 메시지를 일부 희생하더라도 대칭과 대구를 중시하겠다. 왜? 기하학적 요소가 시에 강한 의지와 뜻을 아로새기므로. 기하는 틀이요 뼈대다.

50. 요약이 가능한 표현이 있고, 요약이 불가능한 표현도 있다. 되먹임이 잘 된 망일수록 뇌를 닮아, 전체로만 존재하며 부분 形으로의 요약이 불가능하다. 망 표현은 명시적이지 않고, 암시적이다. 윤곽이 없다. 농도로만 나타난다. 뿌연 황홀이다. 하여 망 표현엔 모든 게 있지만, 아무 것도 없다.

51. 농도는 있음일까? 없음일까? 있음과 없음이란 명백한 두 객관 사이에 모호하고 주관적인 농도가 있다. 그 애매한 농도가 웃음의 마술을 부려 각종 形의 현상을 다 비추어 낸다. 像. 하여 세상은 있지만 어찌 보면 없다. 자아 또한 그런 모호한 농도에서만 나올 수 있다. 神도 아마 농도일 거다.

52. 되먹임→임계상태→창발. 이게 이미지 시 형상化의 3단계다. 이미지는 항상 다른 이미지와 관계해야 한다. 고립된 단발의 이미지는 죽은 이미지다. 이미지는 관계의 망 속에서 흐르고 흘러 신경망 같은 사통팔달의 맥락을 이뤄야만, 生 뜻으로 산다. 시의 주체적 자아가 눈 뜨게 된다. 我란 '온' 通이다.

53. 망 표현은 시뿐만 아니라 철학, 수필, 소설, 논문 등에도 두루 적용할 수 있다. 망의 각 부분을 서로 되먹여, 임계상태에 이르게 하고, 상변화와 창발을 유도하는 일련의 과정은 신적 연금술과도 같아, 분야에 상관없이 저자 자신을 넘어선 뭔가를 성취하게 해 줄 거다.

54. 기승전결의 단선 구조를 버리고, 망 표현의 다선 구조를 취하라. 뱀들. 그럼 시는 하나의 복잡계로 작동해, 마술처럼! 무질서로부터 스스로 질서를 열어갈 거다. 의지를 세울 거다. 뜻을 외칠 거다. 높은 새로 날 거다. 그 마법의 키를 뱀 같은 되먹임이 쥐고 있다. 창발은 뱀을 새가 되게 한다.

55. 이미지는 자기만의 고유한 흐름과 고집, 정합성을 갖는다. 또 다른 이미지와 관계 맺을 때에도 자기만의 논리와 정합성으로 엮인다. 하여 외부에서 시인에 의해 강제로 부여된 의도가 끼어들 여지는 적다. 이미지의 그런 자기 논리와 정합성 때문에, 이미지 시는 자아나 자기의식을 가진 듯 보인다. 이미지의 고집이 더 셀수록, 시는 더 개성 있는 논리 체계를 갖게 된다.

56. 아라베스크 문양은, 부분이 전체고, 전체가 부분이다. 프랙털처럼, 유한 속에 무한이 있고, 무한 속에 유한이 있다. 시도 딱 그렇다. 관계의 되먹임에 의해 창발의 通

이 제대로 구현된다면, 모든 건 하나가 되고, 하나는 모든 게 되는데, 그게 아라베스크 시의 목표다. 이미지 화엄!

57. 아라베스크 시는 벽화다. 관계의 되먹임만으로 이루어진 이미지의 벽화, 논리의 벽화다. 관계의 通, 樂이다. 하여 실제 아라베스크 문양처럼, 시의 어느 부분을 봐도 거기엔 전체가 있고, 또 전체는 통짜로 하나다. 我하, 아라베스크란 유한으로 무한을 잡는 기쁜 우리 방법인 거다.

58. 새, 뱀, 나무, 꽃은 주변에서 흔히 보는 현실 이미지다. 악어, 사막, 누, 블랙홀은 실제로 본적이 없는 상상 이미지다. 虛, 實, 色, 꽃은 내 머릿속 관념 이미지다. 현실 이미지와 상상 이미지는 실재하는 객관인 반면, 관념 이미지는 밖의 것이 내 안에서 표상化한 주관이다. 전자는 눈, 후자는 盲이다.

59. 현실 이미지와 상상 이미지는 실체가 있다. 직접 보고, 안 보고의 차이다. 관측의 차이다. 하여 현실 이미지에선 여러 각도의 시적 맥락이 수다스레 나오지만, 상상 이미지는 일면 즉 단각의 맥락만이 눌변처럼 나온다. 한편 관념 이미지는 실체가 없는 나만의 주관적 이미지로, 모호하지만, 다른 것과 엮일수록 觸-觸-觸 그 농도가 진해진다.

60. 생생한 이미지는 이리저리 엮이는 과정에서, 엮일수록 더 현실과 멀어져, 높은 관념 이미지가 된다. 고답(高踏)! 有形의 꽃은 그렇게 無形의 꽃이 된다. 虛꽃이 된다. 實한 객관은 쌓일수록 虛한 주관이 되는데, 결국 먼 추상에 이른다. … 객관은 쌓여 주관이, 주관은 쌓여 객

관이, 되더라.

61. 시의 망에서 현실 이미지와 상상 이미지에 되먹임이 충분히 가해지면, 결국 관념 이미지가 된다. 관념 이미지는 이미지 진화의 최종점이다. 이 시집에서의 꽃-나무-새-뱀 등이 바로 그러한 예다. 그건 실재하는 꽃-나무-새-뱀이 아니라, 약간은 붕 뜨고 空한 그리고 無形의, 그냥 '뜻'이다.

62. 새-뱀, 視-觸, 눈-盲, 하늘-땅, 질서-혼돈, 가짜-진짜. 이런 대칭의 双은 이미지 시에서 매우 중요하다. 대칭의 双으로 혼란한 망 전체를 훑어가면, 음양의 관계가 일어, 말랑한 망 구조엔 견고한 뼈대가 서고, 탄탄한 짜임새도 생기는데, 결국 반듯한 논리 체계가 된다. 우주가 된다.

63. 聖-俗, 겉-속, 虛-實처럼 대칭되는 双은 망 구조 전체를 관통해 도로 같은 유용한 축이 된다. 그 축은 시의 여러 상황을 통과해 타 이미지와 되먹임을 일으키고 뜻과 形도 세우지만, 다른 축과의 되먹임도 빈번히 일어난다. 축의 교차, 그건 세계 대 세계의 충돌이어서, 새 공간 즉 낯섦을 곳곳에 낳는다.

64. 축은 창처럼 제 상황을 꿰뚫어 일관성으로 묶는다. 그건 음악의 통주저음과 같다. 축은 전체를 관통하는 하나의 굵은 맥락이요, 뜻, 의지다. 축은 혼란한 망을 좌우로 가르는 정돈된 선의 선율이다. 시간이다. … 축에는 단축과 쌍축이 있다. 축이 새-뱀처럼 대칭의 双으로 꼬여 있으면 그건 더 강해져, 뭐든 관통해 버린다. 통찰해 버린다. 축은 視의 선이다.

65. 축에는 주축과 부축이 있다. 이 시집에서 形은 주축이

고, 새-뱀, 視-觸, 눈-盲 등은 부축이다. 주축은 주제고, 부축은 주제의 변주다. 축은 시집 전체를 관통하며 무수한 되먹임을 일으켜 표현의 찰기를 높인다. 축은 視요 지혜요 通이다. 단, 축은 시의 각 상황이 너무 익기 전에 관통해야 큰 저항 없이 되먹임을 줄 수 있으며, 축의 관통이 여의치 않을 때가 작품의 탈고 시점이다.

66. 이미지 기운생동(氣韻生動). 이미지가 뛰노는 이미지의 놀이터. 이미지 생태계. 그게 이미지 시다. 시집을 읽으면 이미지의 생생한 기운 즉 스스로 그러함(自然)이 확 느껴져야 한다. 시집은 시인의 의지를 벗어난 또 하나의 자족적 세계다. 그건 나에게서 나온, 나와는 다른 독립 자아다. 누구?

67. 되먹임과 다듬음은 상충한다. 되먹임은 시의 안정성을 해쳐 시를 설익게 하지만, 다듬음은 안정성을 높여 시를 잘 익게 한다. 퇴고란 되먹임과 다듬음 사이의 균형 잡기다. 다듬기만 하면 시는 익숙해지고 얇아지므로, 되먹임을 줘 시에 낯섦과 깊이를 부여해야 한다. 되먹임은 공간의 창출이고, 다듬음은 공간의 장식이다. … 창발은 오직 관계의 문제라 되먹임과만 상관있다.

68. 시의 단락은 하나의 상황이다. 최초의 상황은 은유적으로도 기술적으로도 서툴고 어리나, 되먹임을 줄수록 더 정교하게 다듬어지고 짜임새를 이뤄 가, 결국 은유의 방정식으로 완성된다. 그건 아이가 어른으로 성장해 가는 긴 과정과 비슷하다. 하여 단락은 시의 망 속에서 하나의 '뜻' 구슬로 자리 잡는다. 그리고 본다. 단락은 눈이다.

69. 축은 되먹임의 창(槍)이다. 축은 낯섦이라는 양분을 공

급한다. 축의 관통으로 시는 성장해 간다. 축은 흐물흐물한 시의 망에 뼈대 같은 구조를 부여해, 각 이미지를 우람한 관념의 나무로, 시집을 울창한 관념의 숲으로 바꾼다. 축은 문명의 젖줄인 강과도 같아, 혼돈과 미개를 뚫 지혜로 가른다.

70. 이미지 방정식이란 정교하고 체계적으로 엮인 이미지 사이의 관계식이다. 그건 군더더기 없이 잘 압축돼 있는, 영적 은유의 망이다. 이미지 방정식으로 이루어진 시는 이미지 기악곡을 닮아, 현실 없이 자체 논리만으로도 하나의 완전한 '뜻' 우주를 세울 수 있다.

71. 이미지 방정식은 무늬와 패턴으로 나타나는데, 그것은 복잡하고 정교하며 고도로 압축돼 있어, 해석이 어렵다. 하지만 방정식은 현실에의 통찰을 아름다운 像으로 그 내부에 품고 있다. 그건 2차원의 홀로그램 간섭무늬와 3차원의 홀로그램 像의 관계와도 같다. 간섭무늬는 어렵고 어지럽지만, 像은 쉽고 질서정연하다.

72. 관계의 되먹임은 망에 찰기를 부여한다. 응집. 특히 관계가 많이 교차하는 허브 이미지 주위엔 필히 어떤 我가 고인다. 그 我는 像을 바탕으로 하는 자기 고집, 자기 맥락, 자기 논리를 갖는다. 我는 뱀-새-꽃-깃발 같은 은유의 합으로 이루어진 영감의 像이다. 我는 관계의 기억을 바탕으로 축적되고, 캐릭터처럼 성장해, 하나의 종(種)으로 망을 팔딱인다. 고래!

73. 허브 이미지는 관계의 교차점, 맥락의 교차점이다. 구슬. 단단한 매듭. 그런 교차점으로는 뜻과 자아가 잘 고여 든다. 봐라, 모든 자아는 관계의 되먹임 속에서만 홀연 나타나지 않는가? 자아란 망의 매듭 즉 그물코가 잡

아내는 구체적 像, 고래의 다른 이름이다.

74. 실제의 뱀과 새는 온갖 논리가 충돌하는 복잡한 결과물이지만, 그게 시 영역으로 들어오면, 단순化한 하나의 像 즉 관계의 교차점으로 바뀌어, 강력한 주체가 된다. 모나드! 그런 단순 견고한 매듭이 있어야만, 그걸 바탕으로 實한 관계의 망이 짜여질 수 있다. 我가 나올 수 있다.

75. 아라베스크 시는 논리의 망이고, 망의 각 부분은 서로가 서로에 대한 증명으로 돼 있다. 하여 한 권의 시집은 내부 증명으로 가득 찬 자체 정합적인 이미지 논리 체계다. … 이미지 시는 기호의 체계고 상징의 체계로, 수를 닮아, 논리와도 척척 잘 논다. 이미지 시는 은유의 수학이다.

76. 시집은 내부 벽이 이미지 아라베스크로 꽉 찬 관념의 방이다. 그 방에서 시인은 色의 은유로만 또 形의 무늬로만 존재한다. 그 방에서 각 이미지는 되먹임의 관계로 타 이미지와 견고하게 엮여, 방정식처럼, 방 밖의 현실을 은유한다. 웃음. 和. 시집은 영적 은유의 방이다.

77. 꼭 순차적으로 표현해야 하나? 동시에 표현할 순 없을까? 꼭 서정시여야만 하나? 시는 감성만의 영역인가? 이성과 통찰의 영역은 안 되나? 의심이 들고, 새 공간이 열리면, 우선 가라. 모든 예술과 학문은 공간의 문제다. 낯섦의 문제다. 門이 열리면 그냥 가라. 거기 지옥이 있더라도.

78. 날것은 盲이고, 익음은 視다. 혼돈은 비릿한 날것이다. 되먹임은 가열하기에, 임계 상태는 펄펄 끓는 상황에, 창발은 규칙적인 패턴으로 잘 익은 상태에 비유할 수 있

다. 익으면 뭐든 맛있다. 맛은 美고, 美란 통찰이다. 익음은 통찰이다. 익음은 눈이다.

79. 혼돈의 덩어리에 대칭성을 부여하면 조각조각 구분이 생겨 서로 아귀를 맞출 수 있게 된다. 즉 논리의 전개가 가능해진다. 虛-實, 새-뱀, 눈-盲 같은 대칭성은 혼잡한 이미지 망에 정돈된 내부 구조를 만들어 짜임새를 이루게 하는 중요한 요소다. 그건 '빛이 있으라!'의 빛과 같다.

80. 實, 虛, 神 등은 원래 모호한 덩어리의 것인데, 하나의 이미지로 명확化한 것이다. 그게 개념이다. … 이미지란 모호한 것을 구체적 象으로 명징化한 것이다. 이미지는 항아리처럼 내부의 방을 갖기에 모호한 걸 다루는데 참 좋다. … 대칭과 雙도 모호한 덩어리를 이리저리 구분해 구체化하는데 유용하다. 그건 애매한 관념에 분명한 켤레의 像을 부여해, 바둑돌처럼 행마할 수 있게 해 준다.

81. 단독의 은유는 고요하지만, 그 은유가 다른 은유와 엮여 고차의 은유가 되면, 날카로운 윤곽으로 여기저기를 막 찢어, 현실에 대한 숨은 통찰을 쏟아 낸다. 은유는 논리로 엮여 함께할 때 즉 예리한 경계로 덩어리질 때 집단지성처럼 강해진다. 은유의 망은 깨달음의 망이다.

82. 은유의 힘은 현실에의 비틂, 왜곡 분칠, 가면化에 있다. 은유는 가면을 뒤집어쓰고, 논리의 춤을 추는, 신나는 가면극이다. 충만! 은유는 현실의 질긴 막을 그 텐션으로 찢어 聖 통찰을 쏟아 낸다. 像을 띄운다. … 像이란 막의 찢음 즉 통찰이다.

83. 은유끼리 정교하게 엮어, 관계의 방정식을 만들면, 그 관계식은 현실을 비틀고 찢고 또 비춰, 현실에 대한 통

찰을 거울의 像처럼 쏟아 낸다. 그게 이미지 시다. 그런 은유의 망은 관념의 '뜻' 공간을 홀로그램처럼 떠어 올려, 또 하나의 우주를 形과 像으로 즉각 비춘다.

84. 이미지는 관념의 항아리이기에, 이미지는 공간 그 자체다. 이미지 안엔 응축된 달의 공간이, 밖엔 해 닮은 관계의 선(線)들이 있다. 이미지 안은 암시적, 밖은 명시적이다. 이미지는 양쪽으로 열려 있는 뜻의 双이다. 봐라, 이미지 시란 공간을 다루는 공간의 空 놀이다.

85. 새, 뱀, 나무, 꽃 등은 기저(basis) 이미지 혹은 허브 이미지다. 그건 수시로 등장하여 망의 중심을 잡아준다. 이미지 망에서, 관계가 복잡하게 얽히면, 우선은 혼란스럽다가, 기저 이미지를 중심으로 여러 이미지가 모여, 결정을 닮은 규칙적인 무늬와 패턴을 만들어 내는데, 그 견고한 논리 결정체를 방정식이라 한다. 기저 이미지는 수학에서의 원주율, 허수, 오일러 상수 등과도 같다.

86. 망 표현은 혼돈에서 시작해, 관계(얽힘)의 정도가 증가하면서, 규칙적인 무늬와 패턴을 이루고, 견고한 방정식이 되며, 결국 '生' 아라베스크에 이른다. 아라베스크는 이미지 논리 전개의 최종점이다. 그건 아상(我相)과도 같은 눈 뜸으로, 快한, 아주 快한, 通이다.

87. 되먹임이 많아질수록 시의 의식도 진해진다. 즉 농도가 진해진다. 되먹임은 어떤 의지나 계획보다 우선한다. 아니 계획이 없어도 된다. 계획이나 방향, 짜임새, 뜻, 의식 등은 추후에 절로 생겨난다. 되먹임은 맹목에서 눈이 생겨나게 하는, 神, 神의 觸이다.

88. 계획하지 말고 맹목적으로 되먹임을 줘, 시의 온도를 높이고, 임계 상태에 이르게 하라. 되먹임은 눈이 아니라

盲에 가깝다. 그런 어둠 속에서만 창발(눈뜨기)은 나온
다. 질서는 나온다. 계획이 작용하면 혼돈은 불임이 되
고 만다. 이상할 건 없다. 세상은 이미 그렇게 돼 있다.
창작의 뿌리는 盲이어야 한다. … 되먹임은 창발이라는
靑 나무의 黑 뿌리와 같다.

89. 뱀 같은 깃털을 가진 새가 바다 같은 하늘을 난다. 새는
바다를 헤엄치는 무수한 뱀이다. … 이미지는 시인의 정
체성이다. 시인의 얼굴이다. 여기서의 이미지는 단발이
아닌, 관계의 연발이 그 안에 축적된 덩어리로서의 이미
지를 말한다. 되먹임과 맥락과 논리가 범벅된 집합체로
서의 이미지 말이다. 그런 이미지는 종(種)이나 캐릭터
를 닮아, 스스로 살아 움직이며, 시인을 특정한 色으로
규정짓는다. 이미지는 시인의 자아 등가물이다.

90. 시인은 누구나 자기만의 고유한 이미지 망을 갖고 있어
야 한다. 자기만의 이미지 체계를 갖고 있어야 한다. 그
게 시인의 존재 이유다. 시인은 각자가 하나의 소우주
다. 하여 같은 시간-공간에 대해 사유하더라도, 새 시인
과 뱀 시인 또 꽃 시인의 통찰은 서로 다르다. 이미지는
그 시인의 고유 낙관이다.

91. 일반적인 표현은 현실과의 잦은 관계 설정으로 저항이
생겨 과감한 전개가 어렵다. 즉 현실의 제약을 많이 받
는다. 오프로드다. 반면 이미지 시는 현실과는 관계없이
자기 논리대로 맘껏 전개해 가다, 가끔씩 현실과의 접점
을 확인해 피드백을 주면 되기에, 제약이 덜하다. 수학
같다. 온로드다.

92. 이미지 망의 부분 구조물은 수학에서의 각종 이론, 정리
와 닮아 있다. 그건 망의 여러 요소들 간 혼란스런 관계

가 하나의 패턴으로, 덩어리로 또 방정식으로 응축된 결과물이다. 부분 구조물은 창발의 징후로, 大은유나 小자아를 닮았다. … 자아란 물질의 은유다. 관념도, 시도, 물질의 은유다.

93. 시를 쓰면서 오랫동안 축적돼 온 부분 구조물들은 사라지지 않고, 시인 안에서 견고하게 지속된다. 그리고 성장한다. 그건 관념의 종(種) 또는 캐릭터가 돼, 낯선 타(他)와 관계한다. 관계하며 세상을 이해하는 스토리를 짜고 통찰한다. 앎. 부분 구조물을 얼마나 많이 갖고 있느냐가 그 시인의 힘이다.

94. 세계는 온통 '形'으로 이루어져 있지만, 그 形이 뭔지 설명하라면 누구든 더듬더듬 파편으로 밖에 말 못한다. 이는 形에 대한 우리의 통찰이 추상 같은 농도로만 존재하고, 또 부분이 아닌 전체로 존재하기 때문이다. 이 시집에서 난 形에 대한 여러 표현을 했지만 그걸 요약할수는 없다. 나에게 形에 대한 설명은 이 시집 자체다. 전체다. 그 形을 부분으로 쪼게 설명하려들면, 다 사라져버린다. 창발이 그러하듯.

권태철

시집『아라베스크』출간(2007년)
시집『아라베스크-四季』출간(2011년)
시집『아라베스크-깃발』출간(2015년)
시집『아라베스크-聖俗』출간(2019년)

아라베스크
形

초판인쇄 2022년 5월 6일
초판발행 2022년 5월 6일

지은이 권태철
펴낸이 채종준
펴낸곳 한국학술정보㈜
주 소 경기도 파주시 회동길 230(문발동)
전 화 031) 908-3181(대표)
팩 스 031) 908-3189
홈페이지 http://ebook.kstudy.com
E-mail 출판사업부 publish@kstudy.com
출판신고 2003년 9월 25일 제406-2003-000012호

ISBN 979-11-6801-456-5 03810